A SEVENTH MAN

JN061330

A SEVENTH MAN

A book of images and words about the experience of Migrant Workers in Europe

by

John Berger and Jean Mohr

with the collaboration of

Sven Blomberg

This edition first published by Verso 2010

First published by Penguin Books 1975

© JOHN BERGER and JEAN MOHR, 1975

© JOHN BERGER ESTATE and JEAN MOHR HEIRS, 2024

Japanese translation rights arranged with

AGENCIA LITERARIA CARMEN BALCELLS, S.A.

through Japan UNI Agency, Inc., Tokyo

第七の男

ジョン・バージャー＝文

ジャン・モア＝写真

金聖源／若林恵＝訳

黒鳥社

序文

　本はときおり、著者が年を取っていくのとは逆に、歳月とともに若返ることがある。『第七の男』には、どうやらそれが起きたらしい。その理由を説明しよう。

　本書はある意味で時代遅れだ。引用した統計はもはや使いものにならない。各国の通貨の価値は時代とともに変わった。ソビエト連邦が崩壊し、正確には経済ファシズムと呼ぶべき新自由主義という名の世界経済秩序が確立された結果、世界の経済構造は一変した。労働組合と各国政府の力はともに低下した。工場は労働者と同じくらいたやすく世界を移動する。労働力の安いところに工場を建てることは、安い労働力を輸入するのと同じくらい簡単になった。貧しい人びとはさらに貧しくなった。現在起きているグローバルな経済力の集中は類例を見ない。それを動かしているのは世界銀行、IMF（国際通貨基金）、WTO（世界貿易機関）だ。本書は、こうした機関については一切触れていない。

　どの分野のクリエイターであっても、自分が何をつくっているのかを理解していることは稀だ。目の前の課題に取り組むことで手一杯だからだ。目の前の作業の先に何があるのか、漠然とした直感しかもつことができない。

　ジャン・モアとわたしが『第七の男』の制作に取り組んでいたとき、目の前にあった課題は、1960年代の豊かな欧州諸国の経済が、いくつかの貧しい国の人びとの労働にいかに依存しているかを示すことだった。本書の推進力は政治的なものだった。議論を引き起こし、後押しすることで、何よりも労働者階級の国を超えた連帯が起きることを期待していた。

　出版後に起きたことは予想外だった。メディアの多くはこの本を無視した。何人かの批評家は中身がないとこき下ろした。彼らに言わせると社会学、経済学、ルポルタージュ、哲学、そして曖昧な詩的表現との間を揺れ動くただのパンフレット。一言で言えば、不真面目、ということだった。

グローバルサウスでは別の反応があった。本書はトルコ語、ギリシャ語、アラビア語、ポルトガル語、スペイン語、パンジャブ語へと翻訳されていった。本書に登場するような人びとの間で読まれ始めたのだ。

　今でもイスタンブールの貧民街で、ギリシャの港で、マドリードやダマスカスやボンベイのスラムで、本書を初めて手にしたときの衝撃を語る読者に出会うことがある。こうした場所に、本書は相応しい居場所を見つけた。社会学的な（ましてや初級の政治学の）論文としてではなく、むしろ家族アルバムに見いだされるような人生の物語、人が生きた時間の連なりを収めた小さな書物として読まれたのだ。

　ここでいう家族には一体どんな繋がりがあるのだろう。誰の家族なのか。どの国に住む家族なのか。どんな過去をもち、どんな未来に希望を抱く家族なのか。

　こうした家族を繋いでいるのは、おそらく移住だ。本書が相応しい居場所を見つけたのは、離ればなれになることを経験した家族の中でだった。幾度となく語られ、その百万倍も体験されてきた通り、前例のない大規模な移住は、わたしたちが生きるこの時代の歴史的特徴のひとつとなっている。『第七の男』は、家族が生きていくための稼ぎを求めて家族との離別を余儀なくされ、その後も余儀なくされ続けている人びとの家族アルバムとして開くことができる。

　昔からどんな家族アルバムにも必ず収められている場面がある。結婚式、長子の誕生、庭や通りで遊ぶ子どもたち、海辺の休日、お互いに微笑み合うように横に並んでカメラに向かって笑う友人たち、誕生日のろうそくを吹き消す誰か、ふたり目の誕生、愉快な親戚のおじさんの最後の来訪、等々。

　本書では、それらのイメージがモノクロの写真と文章によって描かれるが、ありふれた場面に見えて、そこには異なる体験が映し出されている。帰国を切望する止むことのない夢。その夢が実現されないことを知って誰もが流す涙。出発する勇気。旅につきものの忍耐。到着の衝撃。移住を勧める誇張された手紙（切符が同封されている）。遠い地での死。漆黒の異国の夜。生存への飽くなき執着。

そして典型的な家族アルバムに起きることがここでも起きる。メッセージが、時の経過とともに変化していくのだ。写真が撮られたとき、それが愉快なおじさんの最後の来訪になるとは知るよしもなかった。彼の死によって写真は変わった。結婚したての夫婦の写真を見て若さを気にすることがないのは、それが当たり前だからだ。35年後、写真のふたりを見た娘が言う。「パパがわたしより若かった頃はこんな感じだったのね！」。そのとき写真はかつての若さへの思いもよらぬ賛辞となる。当たり前のことが、驚きや感動を与えるもの、神聖なものへと変わるのは、人生そのものが驚きに満ちているからだ。

　そしてこのことが、ジャン・モアとわたしが本書の制作中、自分たちが何をつくろうとしているのかわからなかった理由を説明してくれるのかもしれない。当初わたしたちは映画を撮ろうと考えていたが、（幸いなことに）必要な資金を集めることができなかった。代わりにわたしたちは、（イメージや文字で記録された）瞬間を本にまとめ、そうした瞬間を映画のシークエンスのように章立てることにした。

　わたしたちは、まるで写真のクローズアップのように、できるだけその瞬間に近づこうとしたが、そうしたがために、のちに明らかになった通り、多くのものを捉え損ねた。わたしたちは現実が孕む曖昧さ、摩擦や抵抗を取り除くことに喜んで抗った。近視眼的ではあったけれど、いくばくかの思慮はもち合わせ、とりわけ単純化を拒むことにおいては烈しく思慮深かった。その結果、わたしたちの手に余るような現実は、単純化されたつくりものからは決して得ることのできない見返りをくれた。このアルバムを生き長らえさせてくれたのだ。

　今日、本書は復刊され、新しい読者と出会う。その中には初版刊行時には生まれていなかった若い移民もいるだろう。何が変わり、何が変わっていないか、彼らはたやすく見抜くに違いない。そして、自分の両親であるかもしれない本書の主人公たちのヒロイズムや自尊心、絶望を我が事として認識する。その認識は、困難な瞬間において励ましとなるだけでなく、他の瞬間においても不屈の勇気を後押ししてくれるに違いない。

ジョン・バージャー

2010年

読者への覚書

　本書は夢／悪夢をめぐるものである。誰かが生きた経験を夢／悪夢と呼ぶことは、何をもって許されるのか。あまりに抑圧的な現実を、まるで悪夢のようだと弱々しく言い換えることができるからでも、希望を夢と弱々しく言い換えることができるからでもない。

　夢を見る者は夢の中で意思をもち、行動し、反応し、話すが、自分では変えることのできない物語の展開に従っている。夢は本人に起きている。夢から覚めたあと、誰かにその解釈を委ねることもあるだろう。ところがときおり、夢から脱出しようと自ら眠りを破ろうとする者がいる。本書の主題である、わたしたちが見ている夢において、同じことを試みようとするのが本書である。

　移民労働者の経験を概観し、それを彼らを取り巻く物理的かつ歴史的な状況と関連づけることは、すなわち、今この瞬間における世界の政治的現実をより正確に把握することに他ならない。対象は欧州だが、指し示す内容はグローバルだ。主題は不自由である。この不自由は、客観的な世界経済システムと、その中に押し込められた移民労働者の主観的な経験が関連づけられることによってのみ十全に理解される。煎じ詰めるなら、不自由とは、客観と主観の関わり合い方なのだ。

　本書はイメージと文章で構成される。両者は個別の表現形式としてそれぞれのやり方で読まれるべきものだが、ごく稀に文章を説明するために画像が用いられる。ジャン・モアが数年にわたって撮影した写真は、言葉では届かない何かを語りかける。画像の連なりは主張となる。その主張は、言葉によるものと対等にして引けを取らないが、形式が異なっている。文字情報があることで写真が理解しやすくなる場合に限って写真の脇にキャプションを添えた。逆にそのような情報がそのページに必須ではない場合、キャプションは巻末に一覧で記載した。なお、何点かの写真はジャン・モアではなく、本書のデザインとビジュアル構成を手がけてくれたスヴェン・ブロムベリによって撮影されたものである。

本文中にはいくつもの引用文が挿入されているが、引用したページに
その旨が記されず、巻末に出典が記載されているものがある。それに関連す
る事実や出来事の一連の過程が、単なる著者名以上の広がりをもつような場
合がそれにあたる。

　欧州北西部に移り住んだ移民労働者の多くは旧植民地からやってきた。
英国であれば西インド諸島、パキスタン、インドから、フランスであればアル
ジェリアから、オランダの労働者はスリナムから等々。彼らの労働条件や生
活環境は南欧からの移民たちと似通っている。南欧からの移民たちと同様の
搾取も経験してきた。しかしながら大都市における彼らの歴史は植民地主義
と新植民地主義の歴史と関わっている。ゆえに、何百万人もの農民がそれま
で縁のなかった土地に移住するという新しい現象をより正確に定義するために、
本書では欧州からやってきた移民労働者にのみ焦点を当てた。写真でも文章
でも英国に直接的に言及しないのは同じ理由からで、英国の移民の大半は旧
植民地の出身だ。恣意的な区分けではあるが、焦点はより明確になったはずだ。

　欧州に広がる移民労働者のうち、およそ200万人が女性だとされる。
工場で働く者もいるが、多くは家事労働に従事する。彼女たちの経験を十分
に書き記すにはそれだけで1冊の本が必要となる。その本がいずれ書かれる
ことを願う。わたしたちがここで扱うのは男性移民労働者の経験のみである。

　本書は1973年から1974年前半の間に執筆された。その後、資本主義
は第二次世界大戦以来最悪の危機に直面している。この危機は生産の縮減
と失業をもたらした。いくつかの産業で移民労働者が削減された。本文中で
用いた統計のいくつかはすでに古くなってしまっている。しかしこのような危
機的状況にあってなお、西欧が何百万人もの移民労働者に依存し続けている
ことから明らかなように、この経済システムはもはや移民労働者を抜きにし
ては存在し得ないのだ。

1.DEPARTURE

旅立ち

第七

この世界に生きるのなら
七度は生まれ出るがよい
一度は、燃ゆる家のなか
一度は、凍てつく洪水に
一度は、荒れた癲狂院に
一度は、熟れた麦畑で
一度は、人けのない僧院で
そして一度は、小屋の豚に囲まれて
赤子が六人泣いても足らぬ
あなたが第七の男となりなさい

生き長らえるための戦いでは
敵に七つの姿を見せよ
ひとりは、日曜に仕事を離れ
ひとりは、月曜から仕事に向かい
ひとりは、稼ぎを厭わず教え
ひとりは、溺れることで泳ぎを覚え
ひとりは、森を成す種に
そしてひとりは、原野の祖先に守られる
どの企みを尽くしても足らぬ
あなたが第七の男となりなさい

女を探したいのなら
七人の男を向かわせよ
ひとりは、ことばで心を送り
ひとりは、自分の面倒を見ることができ
ひとりは、夢追い人を名乗り
ひとりは、スカート越しに彼女を感じることができ
ひとりは、フックと留金を知り尽くし
ひとりは、スカーフを踏みにじる

蠅の如く女を囲み音を立て
あなたが第七の男となりなさい

物書きの才があるのなら
七人の男に詩を書かせよ
ひとりは、大理石の村を建て
ひとりは、眠りのさなかに生まれ
ひとりは、空を描き理解し
ひとりは、書いた言葉にその名で呼ばれ
ひとりは、魂を完成させ
ひとりは、生きた鼠を腑分けする
ふたりは勇ましく、四人は賢い
あなたが第七の男となりなさい

そしてすべてが実現したなら
あなたは七人の男のために絶え果てる
ひとりは、かごに揺られ乳を飲み
ひとりは、硬く若やかな胸を抱き
ひとりは、空の皿を地面へと投げ
ひとりは、貧者の勝利を支える
ひとりは、身を粉にして働き
ひとりはただ、月を眺める
世界があなたの墓となる
あなたが第七の男となりなさい

アティッラ・ヨージェフ

ドイツ（と英国）では肉体労働者の7人に1人が移民だ。フランス、ス
イス、ベルギーでは産業労働力の約25％が外国人である。

　ある友人が、夢の中でわたしに会いにやってきた。遠くから。夢の中でわたしは尋ねた。「写真で来たのか。列車で来たのか」。すべての写真は交通手段であり不在の表現でもある。

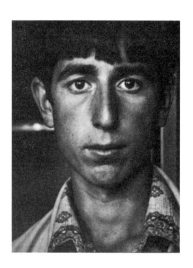

彼。ある移民労働者の実存。

　　彼は上着に詰め込んだ大量の紙屑の中から写真を探す。そして見つ
ける。手渡すときには写真の上にしっかりと親指を置く。おそらくわざと、自
分のものだと言わんばかりに。女性、あるいは子どもかもしれない。写真は不
在を表す。たとえそれが10年前の写真であったとしてもそのことは変わらない。
写真の中で座っている人物の不在がいつか埋め合わされることを願って、そ
の場所は空いたままだ。彼は一瞥もくれずに写真をポケットに戻す。四六時
中それがポケットに収まっていないと困るのだとでもいうように。

この本の中の写真は逆の働きをする。

　　雨の中の少年の写真。あなたもわたしたちも知らない少年。暗室で写真をプリントするとき、この本の中で目にするとき、そのイメージは見知らぬ少年の生き生きとした存在感を呼び覚ます。父親にとって、それは息子の不在を意味する。

　　英国を除く欧州北西部には、およそ1100万人の移民労働者がいる。正確な数を特定できないのは、このうち、おそらく200万人ほどが正規の身分証明書を持たず、非合法に働いているからだ。国連の調査によると1980年には、その数は半数にまで上るとされる。

　アメリカのビジネス誌"フォーチュン"は明確に述べている。移民労働者は「欧州経済にとって不可欠である。当初便宜的な処置だったものが、今では永続的な必需品になっている」。

屋根裏を除くと、家には部屋がひとつしかない。でこぼこの地面が剥き出しの大きな部屋。ドアを開けると庭と地続きで繋がっている。庭には10歳になる長男が炭を焼くために掘った穴がある。穴の中で木の枝を燃やすとき、薪がゆっくりと焼き上がるよう彼は土で穴を覆い尽くす。外の空気は冷たく、少年の手と耳は赤い。地面から小さな煙が神秘的に立ち上る。

　父親は森林伐採の仕事をしている。夜半過ぎになるとラバに木材を積み、高地に暮らす他の100人近い農民たちとともに、それを売り捌くために最も近い村の市場へと7時間かけて旅に出る（木材は燃やすためではなく、杭や柵、建材として使われる）。夜になると霜が降りるが月が出る。ときおり蹄が道をこすって火花を散らす。うまく木材が売れれば、翌日の夜には帰ることができる。

　部屋の真ん中の地面のくぼみで小さな薪が燃え、上には大きく平らな石がふたつ置かれている。その石の上で母親がパンを焼く。パン種が入っていないパンは薄い。いつも生焼けで、重く、湿っぽい。母親は1日2回パンをつくり、それが一家の主食となる。部屋には母親の他に、祖母、3人の子ども、赤ん坊と牛がいる。牛の肋骨は浮き出て、皮は栄養不足からまるでぼろ切れのようだ。牛のそばの地面は藁と堆肥のおかげで暖かく、そこに木製のゆりかごが置かれ、赤ん坊がしっかりと布に包まれて眠っている（ベツレヘムの厩の物語も、ゆりかごを彩る美術館で見るような手描きの花も、この光景を癒やしてはくれない）。ゆりかごと搾乳用の小さなスツール以外に家具はない。ただし、ドアから最も離れた部屋の隅には、机の高さほどの大きな木の台があり、ぼろ布や古びた洋服が散らばっている。そこが家族全員の寝床だ。冬の間の寝起きは寒さが厳しい。ぼろ布を上に、羊たちを下に眠ると暖かい。台の横の2枚の板を持ち上げると台の下に羊たちを入れることができる。毎晩7匹の羊の家族がベッドの下の囲いへと駆け込んでいく。父親が帰ってくると、ベッドの上には7人の体、下には7匹の羊。

最近では、巨大な産業社会の形容詞として「大都市的」という形容詞
を使うのが慣例となっている。一見これは、その社会内部の発展、大都市を
社会の支配勢力たらしめた発展を説明しているにすぎないとも受けとれる。
しかし実際の歴史的発展を注意深く検討してみると、十九世紀には一国内
で行われていた分業（機能分割）が、いまや全世界的な規模にまで拡大された
ということなのである。西欧や北米の「大都市的」社会は「先進的な」「発展
した」工業化された国家であり、経済的、政治的、文化的な権力のセンター
である。こうした社会と際立った対照をなすものとして——むろん多くの中
間的段階が介在するけれど——「低開発」とみなされている社会が存在する。
すなわち依然として農業を中心とする「低工業化」社会である。「大都市的」
諸国は、貿易のシステムを通して、また複雑に入り組んだ経済的政治的支配
機構を通して、食糧をこれらの供給地域から（つまり地球上の土地面積および人
口の大部分を占めるこの事実上の後背地から）調達している。いや、食糧ばかりで
はない、もっと重大なのは原材料を調達していることである。

　　毎週日曜、子どもだったわたしたちはミサの前に教会の外で遊び、こ
んな言葉を交わし合った。「ミサが終わったら村の入り口にある十字架の下
に穴を掘って、本当に天国までつながってるか見てみよう」

　　移民労働者は低開発経済圏からやってくる。この低開発 (underdevel-
oped) の語は、外交の場に気まずさをもたらした。代わりに「発展途上 (devel-
oping)」の語に置き換えられた。「発展した (developed)」国との区別を明確に
するためだった。この意味論上の議論に真剣に寄与したのは唯一キューバ人
だけで、彼らは「低開発にさせる (to underdevelop)」という他動詞が必要だと
指摘した。経済が低開発なのは、その周囲において、そして内部において、そ
れに向けて何かがなされたからに他ならない。低開発には、そうさせている何
者かがいるのだ。

　彼は毎日、メトロポリスのことを耳にする。都市の名はその都度変わる。それらの都市のすべてが重なり合ってどこにも存在しないものとなるが、それは絶えずある約束を発信し続ける。その約束はただひとつのやり方で発信されるわけではない。それは都市に行ったことのある者たちの話の中に暗示される。機械音、自動車、レッカー車、缶切りや電動ノコギリから発信される。あるいは既製服から。空を行き交う飛行機から。最寄りの幹線道路から。観光バスから。腕時計から。ラジオからも発せられる。ニュースからも。音楽からも。ラジオという機械自体からも。都市に行くことによってのみ、その約束の意味を知ることができる。数々の約束はそれが開かれているということにおいて共通している。

　道は村の外へと延びて野を横切り、丘を越えていく。数キロ行けば村は見えなくなる。空は大地の上をどこまでも続く。地平線という現象について、彼は都会暮らしの誰よりも知っている。にもかかわらず、彼にとってメトロポリスは開かれたものの象徴だ。開かれたものの中に機会がある。自ら生計を立てることのできる機会。行動を起こすのに十分な金を得る機会。

村市場の日。ユーゴスラビア

　現代のメトロポリスの住人たちは、そこが砂漠や砂嵐の荒野でない限り、大地を素手で掻けば最低限の暮らしはできると信じたがる。この信念は、ロマン主義的な自然の理想化に由来し、都市が田舎から運ばれてくる余剰によって生かされ、かつ集積された余剰こそが都市の豊かさを表す豊穣の角（コーヌコピア）だとされている事実によって補強される。この信念は、あらゆる意味で真実から程遠い。自然から十分な収穫を得るためには賄賂が必要だ。どんな農民もそのことを知っている。農村の貧困はその賄賂がないことを意味する。努力が足りないといった問題ではない。もっと働くという選択肢がそもそも差し引かれてしまっているのだ。

洞穴で暮らす一家。アンダルシア

スウェーデンの田舎の子どもたち。1913年

29

資本主義者の倫理によれば、貧困とは、事業を通じて個人や社会がそこから脱却され得る状態をさす。事業は、生産性自体を価値とする指標によって測定される。であればこそ、資本主義は、低開発状態の固定化や脱却不可能な貧困は存在し得ないとする。さりながら資本主義は世界の半分をその状態に止めおいたままだ。理論と実践におけるこの矛盾は、資本主義とその文化制度が、もはや世界はおろか自分自身さえも説明できない理由のひとつとなっている。

　現代の農村の貧困の根は、自然ではなく社会にある。土地は、灌漑や種子、肥料、設備の不足によって不毛となる。非生産的な土地は失業や不完全雇用をもたらす。例えるなら、健常な男性が一日中、2頭の牛が草を食んでいるのをただ見守るといった状況を生み出す。こうした貧困において、その社会的な根は隠蔽される。土地と農民の間を取りもつ経済的な関係、分益小作制度、土地所有制度、貸金制度、販売制度といったものは、すべて土地の不毛という問題へと、石からパンはつくれないという反証不能な原理へと還元されてしまう。

アナトリアの父と子。トルコ

都市で成功を収めて帰ってきた者は英雄だ。彼は、そんな彼らと話したことがある。彼らはまるで怪しげな企みに誘うかのように彼を横に座らせる。都会に行った者にしか明かせず、ここでは語れない秘密があると仄めかす。そのうちのひとつは女にまつわるものだ（彼らは裸の女のカラー写真を見せるが、それが誰なのかは明かさない）。ついで、決して侮辱したり裏切ったりしてはならない男。街を歩いて出るのにかかる時間。さらに、決して入ることが許されない建物。あけすけに語られるのは、賃金、買っておくべき物、貯金できる額、車の車種、女の服装、食べ物や飲み物、労働時間、どんな言い分が通るか、あらゆる局面で求められる狡猾さ。彼らが話すときの自慢げな素振りに彼は気づく。それを咎めないのは、成功の証しとして金やプレゼントを持ち帰ってきた彼らには自慢する権利があると思うからだ。なかには自分の車に乗って帰ってくる者もいる。

　彼は耳を傾けながら、彼らの企みの中に身を置く自分の姿を思い描く。そこで自分もそれらの秘密を学ぶだろう。働き者の自分であれば、誰よりも抜け目なく素早く金を貯め、彼らよりも多くを成し遂げて帰ってくることができるだろう。

村人と会話する移民。カラブリア、イタリア

低開発であるということは、単に収奪されたり搾取されたりすることではない。人為的な停滞に囚われになるということだ。低開発は人を殺すばかりではない。その本質をなす停滞は、生を否定し人を死んだも同然にする。移民たちは生きたいのだ。移住を余儀なくされるのは貧困だけが原因ではない。自分が生まれた環境に欠けているダイナミズムを、彼は自らの努力で勝ち取ろうとする。

　ある日、彼は出ていくことを告げる。口にするまでは決断したとはみなされない。言葉にすると周りに知られる。村が決断と撤回の間に入る。やめるよう説得する者もいる。だが彼がすでに決断したことはみなが知っている。口にした以上、決断はなされたのだ。

　みなに別れを告げる。誰ひとり残さず。生まれてこのかた村のことをずっと見てきた。旅立ちの瞬間において感じるその思いの激しさは、出ていく意志の強さに引けを取らない。村を去るのは自分自身の選択だ。その結果生じた感情の混乱が疑問を生み出す。おじさんは帰ってくるまで生きているだろうか。さよならを言うことは天命に従うことだ。凱旋するのか、敗れて戻るのか、誰が知り得よう。都市は成功した者にのみ与え、敗者には与えない。都市で得られる褒美が、敗者が沈む黒い水の上に浮かんでいるさまを彼は思

い浮かべる。さよならを告げる村人の表情は、何も答えてはくれない。

　　彼は、村人たちに土地や家の管理の仕方、家畜の扱い方、井戸の使い方を教える。まるで言葉にすることで、長年続けてきた日々の営みを再び行っているつもりであるかのように。

　　母親は彼の決断を受け入れた。これは家族の問題で、家族にとっていいことなのだ。けれども彼女は息子が赴く"外国"が嫌いだ。彼が家を出ようと歩き始めると、彼がどんなふうに生まれたかを思い出す。彼女が今も夫と娘と寝る2階の同じ部屋。近所の女性がふたり、医者はいなかった。赤ん坊は男の子で、名前はすでに決まっていた。赤ん坊を手渡され、胸に抱くと泣き止んだ。彼は今旅立つ。ふたつの時間が重なり合う。両手を頭の横にあて、足元はかすかに揺れている。彼はすでに荷車のシャフトに挟まれた馬に向かって何かを叫んでいる。両手で耳を塞ぐような素振りは、まるで25年の歳月に隔てられたふたつの瞬間の音を、それぞれの耳の中にとどめておこうとしているかのようだ。

　　革命党を例外とすると、農村部の貧困をつくり出し維持している経済と社会の関係性は変えようがないように思える。であればこそ最も自発性をもった者は、希望を与えてくれる唯一の行動に出る。旅立つのだ。

　　最寄りのバス停に向かう家族用の荷車では、もはや話すこともない。歩く人、馬に乗る人、牛を放牧する人たちの傍らを通りすぎていく。道はそれ自体が物語の通り道であり、両側に広がる草むらはその聞き手だ。

　　この路上で彼は兄弟とともに、市場の町から車でやってくる人びとを相手にヘーゼルナッツや野いちごを売り歩いた。

独占資本は、直接的であれ間接的であれ、地球上の大半の人びとから莫大な利益を搾り取ることに成功したが、それらの人びとを余剰価値を生み出す産業生産者へと転化させることはない。独占資本はさまざまな形態の搾取の中に、あらゆる階級や国家(自らその支配圏から撤退した国は除く)を服従させ、社会間の格差を極端なまでに開き、それを維持し、強化する。アメリカとインドの関係はかつてないほど緊密に結びついているが、二国を分かつ技術、平均寿命、平均的な文化、生活様式、住民の働き方の格差は、両国の関係が皆無だった1世紀前と比べてむしろ広がっている。

　不均衡と複合開発という普遍法則の最も広汎な適用は帝国主義によってもたらされると理解することでしか、わたしたちは20世紀の世界史を理解できない。

　バス停に着くと彼は荷車から飛び降り、最後の別れを告げる。バス停は、泥と草でできた駐車場の脇に木造の小屋を組み合わせただけのものだが、混み合っている。バスを待つ人は座るか寝転がる。他の者は出発の準備をする。長時間ここで過ごした人びとが残したゴミが溜まっている。旅を思い出し物語る言葉の残滓が音の雲となって空気中を漂う。村から町に行く家族もいれば、村から村へと向かう家族もいる。帰郷した男たちがいる。移民がいる。兵士がいる。彼はスーツケースと、結びつけた紐の結び目があちこちに見える荷物の脇に腰を下ろす。荷物には、スーツケースに収まらなかった物や、あとで思いついた持ち物、出発間際にもらった餞別が入っている。チーズや剃刀といった固形物は布で丁寧に包まれている。

　大工業は世界市場をつくり出した(中略)。世界市場は商業、航海、陸上交通に途方もない発展をもたらした。これはこれで工業の拡大に反作用した。そして、工業、商業、航海、鉄道が拡大するのと同じ度合いでブルジョアジーは発展し、その資本を増大させ、中世から引き継がれていたあらゆる階級をはるか後方に押しのけた。(中略) ブルジョアジーは農村を都市の支配に従わせた。彼らは巨大都市をつくり出し、都市の人口を農村よりもはるかに増大させ、住民のかなりの部分を農村生活の蒙昧さから引きずり出した。(『共産党宣言』)

　農村生活の蒙昧についてマルクスは誇張した。それを書いた1848年

のマルクスは都市の合理性の許容量を過大評価し、都市を基準に農村を評価した。

　運転手が食堂で珈琲を給仕する女性に向かって何かを叫び、クラクションを鳴らすと、バスは何の気なしに、いつまで経っても舗装が終わらない道路に出ていく。国の首都に向かう道すがら、彼はこれから数カ月の間に見る最後の動物を目にする。最後のコウノトリ、最後のラバ、最後の黒豚。この地に戻るとき、彼は最初に目にする種をまるで村の番人のように感じるだろう。

　彼は誰の助けも借りることなく、止まったままになっていた歴史的変革の完遂に乗り出す。

　大多数の低開発諸国においては資本主義は殊更にゆがめられた過程をたどらざるをえなかった。低開発諸国の資本主義は、その幼年時代を通じてあらゆる苦悩と挫折の中で過ごしてきた結果、青年らしい活気と充実した活動とを経験したことがなく、早くから老衰と退廃のあらゆる悲惨な特徴を示しはじめていた。前資本主義社会に特徴的な停滞という死重に、独占資本主義という完全な抑制的衝撃が加わったのである。後進諸国で独占企業によって大量的に取得される経済余剰は、生産目的には使われない。それは、それを取得した企業の中にも投資されなければ、他の企業を発展させることにも用いられない。この経済余剰がその企業の外国における株主たちによって海外にもちだされないかぎりでは、それは土地所有貴族と全く同じような方法で費消されるのである。それは、その受領者によって贅沢三昧な生活の維持にあてられたり、都市や農村の邸宅とか、使用人の雇用とか、過度の消費などに支出され、またその残りは、地代収入のえられる土地の購入や、あらゆる種類の商業活動に対する融資や、高利貸や、投機のために投資される。最後に残った、しかも決して最小というわけではなくかなりの量に達する経済余剰は、海外にもち去られ、そこで国内通貨の減価をふせぐ障壁として、あるいは母国に社会的・政治的な大激変が発生したときにその所有者に隠遁所を保証すべき不時に備えた予備金として、所有されるのである。

　あるポルトガル移民：「おれたちの国がどんなか知ってるか？　たくさんの資本家がいるが、そいつらは金を持ってるだけで何もしねえ。穴を掘って金を入れて、埋めたきり二度と掘り出さないといった具合さ」

ジェントルマンズクラブ。セビージャ、スペイン

41

移民は貧困を相続するという。しかし、この表現はそこにあるドラマを伝えるには平板すぎる。相続されるものを目録にする必要がある。

祖国に流入する欧米資本
（祖父の記憶にまで流入する）
プレ資本主義時代の農村の自給自足生活の破壊
半封建的土地所有階級の強化
外国資本のための原料や換金可能な作物の生産
ローカルな商業資本の台頭
独占下で急成長する少数の産業

結果：
地域産業の発展
テクノロジーの普及
土地改革
農業の近代化

阻害されるもの

日用品の流通
都市文化の普及
人口増加（医療の進歩がもたらす）
貧富の完全な二極化
あらゆる社会体制の変革の脅威に備えるための
商人資本、土地所有者、外国資本の結託

結果
教育の近代化
暮らしの脱宗教化
民主主義による政治

阻害されるもの

1967年のトルコの人口は3400万人で増加率は年間3%。そのうちの80%は農民だった。農業のおよそ90%は機械化されていなかった。当時存在した産業のうち60%を食品、ワイン、たばこが占めていた。産業セクターのGNPへの貢献は、わずか15%だった。100万人が失業していた。田舎では約400万人が収穫時にしか仕事がない。毎年30万人以上の働き手が労働市場に参入した。人口の70%は読み書きができなかった。1967年までに外国で働くトルコ移民の数は25万人になっていた。今日（1974年）、その数は3倍以上になっている。

　　バスが首都の郊外に差し掛かる。彼は、余ったレンガ、木片、波打った鉄屑で即席につくられた差し掛け小屋の住居が密集しているのを目にする。首都に辿り着いたものの、そこから先に進むことのできなかった村人たちがここに暮らす。

街は彼が想像していたよりも大きく、人が多い。ここを渡り切るためには強い意志が求められる。ほとんどの人が彼と同じ言葉を話す。同じ言葉を使う。が、見慣れないものもある。市場で売られているのを見たことのない魚。店のショーウィンドウに並ぶ贅沢な食器。奇妙な形のケーキや菓子。見るほどに見たことないものが増えていく。ここまでやってきて立ち止まる、自分と似たような人びとの姿が目に入る。

　低開発国の膨れ上がったあらゆる首都がそうであるように、アテネもまた、その規模や成長ぶりにもかかわらず産業都市ではない。"活動的" な人口のうち産業に雇用されている者は3分の1に満たない。そのうちの半分は、10人以下の昔ながらの家族経営の事業に従事している。

　駅前の大広場に集う群衆は、まるで国中のあらゆる村の間の距離が数ヤードにまで縮小された地図のようだ。群衆を結びつけているのは噂話と勧誘だ。あちこちで取り引きが始まる。取り引きされるのは商品ではなく、本物であれ偽物であれ、機会だ。パートタイムの仕事。どこそこのオフィスへの訪問の約束。格安チケットの入手方法。体重計の購入に必要な資金のローン。

体重計の購入に必要な資金。風呂場用の、濡れたまま乗ることのできるゴム製の滑り止めがついた体重計。中古品ならなおいい。正確に量れさえすればいい。紙で包んで駅のそばの通りに行き、舗道に腰掛けたら体重計を包みから出して通りに置く。そして日がな一日叫び続ける。「いらっしゃい！体重が正確に量れるよ！」。肥満を気にする何人かが足を止め体重を量る。何人かはただの興味本位から。日がな一日「体重！体重！」と叫び続ける。同じ通りに商売敵がいなければ、1人分の夕食が買えるだけの金が集まる。

人が移住を決意するということは、世界の経済システムの文脈から理解されなくてはならない。政治理論を押しつけるためではなく、その人の身に起きたことに、それに見合うだけの価値を与えるためだ。その経済システムとは、すなわち新植民地主義だ。経済理論は、このシステムがいかに低開発状態をつくり出し、人を移住へと向かわせる条件を生み出しているかを説明してくれる。同時に、そのシステムがなぜ移民労働者が売りに出す特定の労働力を必要としているのかも。しかしながら経済理論の言語は、どうしたって抽象的だ。であればこそ、移民の人生を左右する力を個人の運命として捉え、理解するには、より抽象的ではない記述の公式が必要となる。暗喩が必要となる。暗喩はかりそめだ。理論の代替ではない。

ドイツまでの旅程の説明を受けるトルコ移民

移民は決意とともに、家でこさえた2、3日分の食事、誇り、胸のポケットに入れた写真、荷物、スーツケースを携えて旅立つ。

　一方で、移住は他人の夢の中の出来事のようでもある。見知らぬ誰かの夢の中の人物として、彼は意図のないまま行動する。ときに予期せぬ行動をするにしても、抗わない限り、すべては眠っている人の思考の求めに応じて決定される。これは暗喩ではない。移民の意図は、自分も、自分が出会う誰もが気づかぬままに、歴史の要請によって浸食されている。だからこそ、人生がまるで誰かの夢のように感じられる。

　あるトルコ人：「田舎では1年のうちの6カ月は寝ている。仕事がなくて貧しいからだ」

　彼は、どこかの地点で境界を越えた。境界は、地理上の国境と重なっているかもしれないし重なっていないかもしれない。重要なのは地理上の境界ではない。境界とは、簡単に言えば、彼を足止めし、脱出の意志を妨げる地点だ。境界の反対側へと越えた瞬間、彼は移民労働者となる。境界には数十通りの越え方がある。以下は、そのうちの3つのやり方だ。

あるトルコの農民は、公的な健康診断ではねられたため、観光客として
てドイツに入国することを決めた。混み合った電車の中、観光客を名乗るト
ルコ人は、通貨や小切手を見せて観光客であることを国境警察に証明せねば
ならなくなるかもしれない。そこで、一等車両にいれば裕福そうに見えて検札
を受けずに済むに違いないとケルン行きの一等切符を買った。彼は境界を越
えた。

スペインの山腹

　ごく最近まで、ポルトガルからの移民のほとんどが非合法に入国した。
スペイン、フランスの両国境は、人知れず越えねばならなかった。リスボンの
密輸業者が越境を斡旋した。料金は1人350ドル。前払いをした移民希望者
の多くが騙された。スペイン国境を越えた山中へと連れられ、置き去りにさ
れた。右も左もわからぬまま空腹や日照りで死ぬ者もいた。帰路を見いだし

た者は、350ドル分貧しくなっていた（当時の350ドルは、平均的なポルトガルの農民の1年分の収入に相当した。1964年の平均所得は上流階級の所得を含めても370ドルだった）。そこで移民たちは、自分たちの身を守る手立てを工夫した。出発前に自分の写真を撮らせておくのだ。それをふたつに破って半分を"案内人"に

渡し、残り半分は自分で持っておく。フランスに着いたら自分が持っていた写真をポルトガルの家族へと送り、無事に境界を越えたことを伝える。案内人は、無事に送り届けた証明として渡された写真のもう半分を家族の元に持って行き、そこで初めて350ドルが支払われる。移民たちは100人ほどの集団で境界を越えた。ほとんどが夜に決行された。トラックに隠れて。そして徒歩で。

　9日後に彼はパリに到着した。ポルトガル人の友人の住所を手にしていたが、方角すらわからない。その住所に辿り着くためにはタクシーに乗らねばならない。ドアを開ける前に運転手が金を見せろと言う。警官がそばに立

っている。サン・ドニのスラムに行くなら料金は倍になると警官と運転手は示し合わせている。その理由を彼は問わなかった。到着したばかりの移民には、タクシーに乗らないことも口論することも、できない相談だった。彼もまた境界を越えた。

　　イスタンブールからの移民の多くはドイツに向かう。彼らの越境は公的に整備されている。求人センターに出向く。健康診断を受け、申告したスキルをもっているかどうかが試される。検査を通過した者は採用したドイツ企業とすぐさま契約を交わす。労働者用の列車に乗って3日間旅をする。到着するとドイツ企業の代理人に引き合わされ、宿舎や工場へと連れて行かれる。

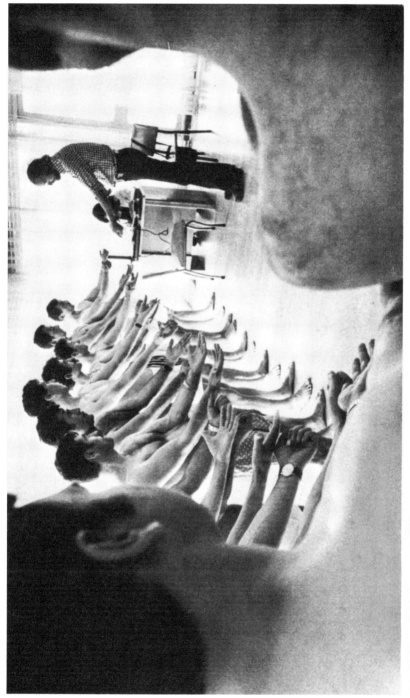

ドイツ人医師による検査を受けるトルコ人労働者。イスタンブール

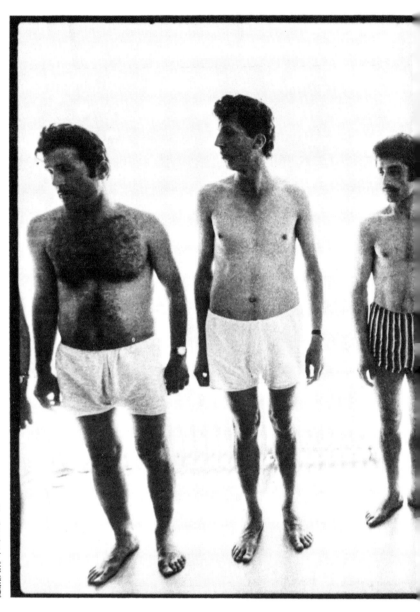

健康診断。イスタンブール

検査を完了した男たちの胸と手首に番号が書き込まれる

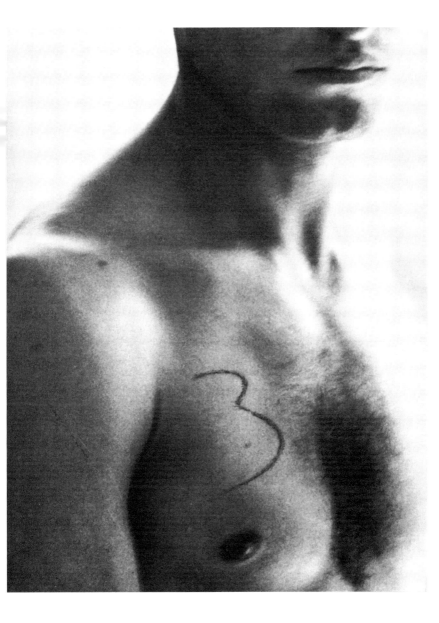

他の何百人もの移民初心者たちとともに服を脱いで整列する。計測のために用いられる設備や機器をちら見する（じっと見ると驚いていると思われる）。そして自分の優位を競うかのように、互いに周りの者に一瞥をくれる。こんな状況は想定していなかった。かつて経験したこともない。しかしこれが普通なのだ。他人の前で裸になれという屈辱的な指示。指示する職員たちの理解不能な言語。検査の意図。フェルトペンで体に記された番号。部屋を構成する厳密な幾何学。男と同様の作業着を着た女たち。得体の知れない薬品の匂い。自分と似た者たちの沈黙。大半の者の内省的な表情は、穏やかさとも祈りのときのそれとも違う。これが普通なのだ。なぜならこの重大事は例外なく全員に起きるからだ。

健康診断。イスタンブール

蛇口工場。スイス

身体測定を受けるトルコ人労働者。身長が足りず失格となる。イスタンブール

58

適格者と不適格者に選り分けられる。5人に1人が不合格となる。通過した者は新しい人生に入っていく。検査機器は外からは見えない体の内側まで検査する。なかには越境のこの瞬間を8年待った者もいる。

　ある男が、頭に抱えているかもしれない病気を調べる機械はないかと尋ねる。字が読めないという病気を。

イスタンブールの採用センターのドイツ人医師が、容器、ボトル、水鉄砲など、ドイツでの就労を希望する者から没収したコレクションを披露する。センターの外で開かれる闇市では、自分の尿に問題があるかもしれないと危惧する移民希望者を相手に、「良い」尿が販売されている。購入した尿をコレクション棚にあるような容器に入れ替え、検体を出す際に自分の尿とすり替える

レンガ積みの試験を受ける村出身の石工。
イスタンブールの採用試験センター。彼は不合格

60

健康診断が終わると仕事に必要なスキルが試される。「お前がどれだけ強いか見せてやれ」と友人がアドバイスしてくれた。「受け答えはゆっくりと」そして「お前がどれだけ強いか見せてやれ」。座って結果を待つ者がいる。他の者は部屋を行ったり来たりしている。まるで我が子が生まれるのを部屋の外で待つ父親の面持ちだ。ここで彼が待っているのは、自分の新しい人生の誕生だ。

健康診断と技能テストの結果を告げられるトルコ人労働者たち

61

合格して、新しい人生は生まれた。

採用試験センター。イスタンブール

こうした移住が今までと異なるのは一時的なものである点だ。移り住んだ国への永住が許されるのはほんの一握りの移民だけだ。労働契約のほとんどは1年、長くて2年。移民労働者は労働力が不足しているところに労働力を売る。特定の作業をこなすためだけに滞在を許される。権利はなく、申し立てもできず、作業をすること以外の現実は存在しない。作業をしている限り給与は支払われ、面倒を見てもらえる。作業を十分にできなければ、来た場所へと送り返される。移住をするのは人間ではなく、機械工、掃除人、掘削作業員、コンクリート調合作業員、洗浄人、穴あけ作業員等々だ。これこそが一時的な移住の特質だ。もう一度人間（夫、父親、市民、愛国者）に戻るためには故郷に帰らなくてはならない。未来がないからと去った故郷に。

荷物のひとつの中に、あるいはスーツケースの奥底に、家から持ってきた食べ物がある。いくつもの村や町が車窓を通りすぎていくなか、彼は、ナイフで薄切りしたソーセージやチーズの欠片を思い浮かべる。食欲は必ずしも

空腹の表現ではない。食べ物は時にメッセージとなる。食べることはメッセージを受け取ることだ。誰から、どこから送られてきたメッセージか。この場面での答えは簡単だ。彼は空腹になる前に食べる。一度に食べられるだけ食べてしまう者もいる。過去からのメッセージを少しずつ分けながら、長い旅路の間じゅう取っておく者もいる。

　24時間も過ぎると、眠りは途切れ途切れになり、覚めている時間もお

ぼろげになる。列車はまるで、スタートから時間が経ってランナーたちの間隔がばらけ、誰ひとりとして同じ場所を同じ速さで走っていない陸上競技場のようだ。列車の真ん中あたりで、髭を生やし膝の上で拳を握りしめた中年の男が歌を何小節か歌う横で痩せた男が眠りに落ち、向かいにはナイフの刃先で無心に歯の手入れをしている者がいる。カードゲームをしていても、プレイヤーたちの間隔はまばらだ。注意力は散り散りだ。配られた手札にありったけの力で集中しようとするが、それも繰り返された歌の一節のようだ。やにわに彼は歌を歌い始め揃った手札を投げ出すと、隣に座る人の肩に頭をぶつけてもたれかかるまで眠りに落ちる。その横ではずっと、いくつもの村や町が車窓を通りすぎていく。

　それから先の数日間は、あまりに多くの未知を湛えているため、時間が連続している感覚は途絶えるか迂回し始める。これから始まる未来が、空間ではなく壁であることを誰が想像し得ただろう。古代都市の城壁にも似たその壁の表面は、時の流れや人の手を感じさせるよりも、むしろ時間に抗うかのようで、ランダムな映像を映し出すか、何も通り抜けることのできない不透明な雲を映し出すテレビ画面のようだ。寝覚めのうつつのなか、彼は壁に向かって入り口を探す。やがて壁に背を向け、ここ何日かのことを思い出す。

旅立ち。イスタンブール

旅立ち。駅。イスタンブール

旅立ち。駅。イスタンブール

彼らは労働力を提供するためにやってくる。その労働力は既製品だ。生産現場でその恩恵を受ける産業化された国々は、それをつくり出すためのコストを一切負担しないどころか、移民労働者が病気になったり働くには年を取りすぎたりしたとしても手助けの費用さえ負担しない。メトロポリタン国家の経済における移民労働者は、不死の存在だ。永久に交換可能だからだ。彼らは生まれない。成長しない。年を取らない。疲れもしない。死にもしない。もっている機能はただひとつ。働くこと。暮らしにおけるそれ以外のあらゆる機能は、彼らの出身国の責任下にある。

　すでにメトロポリスに暮らしている移民労働者は頻繁に主要駅を訪れる。集まって話をし、列車がやってくるのを眺め、自国のニュースを直に手に入れ、帰還の旅に思いを馳せる。

　移民労働者はみな、乗り換えの途中にいる者として自分を想像する。過去を思い出し、未来に期待を寄せる。目的と回想の間で、彼らの思いは列車となる。

　冬の主要駅は暖かい。かつ、何かが起きるだけでなく、観客でいられて、移民の方が一般市民よりも多い数少ない場所のひとつでもある。娯楽の条件。観る権利。そして自分が選んだ仲間と気安く過ごすことのできるゆとり。

　喉を通るような旅の中、彼は列車の音に耳を澄ませる。音は線路と同じく規則的だ。列車を通りすぎていく音たちが、その規則的な音の上で不規則にクレッシェンドしては減衰していく。野原はささやき、レンガの壁が鉄を打ちつけ、駅から跳ね上がった砂利が窓を叩く。終着駅は、まずは静寂とともにやってくる。

荷物やスーツケースが、先にプラットホームに降りた乗客の手で窓から下ろされていく。列車が空になる。駅がすっぽりとそれらを呑み込む。列車から荷物を下ろしている彼らを除けば、すべては秩序だって整理されている。彼らを除けば。金の組紐と鷲と燃える松明があしらわれた駅員たちの制服は、かつて目にしたものに似ている。市民の中でも限られた偉い人だけが着る服。服以上に、その表情もだ。何も見えていないようなのに、足早に歩く。

　再び彼は、テレビ画面のように眩いイメージを点滅させながら聞いたことのない音を発する、あのグレーの雲の色の城壁の下に立つ。壁が開き、今度は入ることができる。駅のプラットホームから受付センターへと誘導される。彼ら自身の興奮気味な会話の背後で、割れて聞き取れない音声が鳴っている。スピーカーから流れる言葉は彼らの言葉だが、まるで布きれで口を固く縛られた女性が話しているかのようだ。女性でなければいいのにと彼らは思う。彼女は何者なのか。彼女が話す内容を誰が指示しているのか。それらのことが外国語で書かれた文字とごっちゃになって、音なき音をつくり出す。

SCHOKOLADE IST GUT！

　音なき音は彼の中にある。音なき音が頭の中で鳴っている限り、彼は何を話しかけられてもただ黙ってうなずく。

　ホールを横切る彼らの行列は、およそどんな木よりも高い。一列に整列してエスカレーターを上がっていく。どこが地上階なのか、もはやわからない。スーツケースが何かに触れるたびに職員が怒鳴って指をさす。廊下を進み、ガラスのドアを通って、鉄格子の前に来る。彼らは互いの姿を見つめながら、自分たちをあしらう見知らぬ者たちと比べて、いかに自分たちの髪が乱れ、肌が荒れているかに気づく。と同時に、それは達成の証しでもある。彼らは境界を越えた。

ひとりでここに辿り着いた者に、新しい生の誕生のショックが即座に襲いかかる。彼はパニックに陥るまいと、一人前の男として生きてきた年月を呼び起こす。集団で到着した者たちの方がショックは少ない。

　　集団で到着した者たちはバンドのようだ。異国の住人たちよりも自分たちの方が強く、スタミナがあり、抜け目ないのだと、彼らは言葉と身振りで互いに確かめ合う。

　　あるフランスの農民：「もはや誰も田舎には住みたがらない。都会じゃみんな王子さまのような身なりで、自分の車を乗り回すが、何も見えちゃいないし、何もわかっちゃいない。すべてを学ぶのがおれのやり方だ。自然、植物、動物（人間も含む）、そして気候のすべてをね」

　　見るもののすべてが新しい。自分のいる階が地上であるかのように異なる階を自在に歩き回る人びと。歩いたり触ったりするすべてのものの表面。いつもの動きから発せられる聞き慣れない音。物と物の間の見えないつなぎ目。ガラスもここでは厚く頑丈そうで違って見える。こうした物質的な真新しさは、言葉の理解不能さと対応している。

polystyrene	lön
övertid	cellulose acetate
epok	arbetstillstand
dödsfall	glass fibre

　　電車がすれ違う。上りが行き、下りが来て、ガッタンゴットン。無益な言葉。物事は同じ路線、来る日も来る日も。巡査隊がぞろぞろ出て行っては、戻って来る。電車が入って、出て行く。（中略）市一杯分が世を去り、またぞろ市一杯分がやって来て、これまた去って行く。またやって来ては、去って行く。家並み、いくつもの家並み、いくつもの通り、何マイルもの歩道、積上げられた煉瓦、石材。

出口の辺りに来ると男たちは自国の言葉を話す。発せられる言葉は、まるで冬のあとに再びやってきた紅葉のようだ。彼は故郷で顔見知りだった男に気づく。男はメトロポリスですでに２年働いている。ふたりは共通するすべてを分かち合う。互いの名前と故郷の村の名前を繰り返し呼び合う。そして到着の興奮冷めやらぬまま彼が言う。「この街には黄金が転がってる。これからそいつを探すんだ」。２年間都市に暮らしてきた友人が答える。「その通りだ。だが黄金はとても高い空から落ちて来るから、地面に到達しても地中の奥深くに潜ってしまう」

　移住とは、価値ある経済的資源——人的労働——を貧しい国から富める国へと移植することでもある。移住する労働者が母国で失業していたとしても、生まれ育ったコミュニティが彼の成長に対してそれなりの投資をしてきた事実は変わらない。エコノミストは時に"資本の輸出としての移民"を語り、他の生産資源の輸出と変わらないと言う。１人の移民が20歳に成長する

ジュネーブ駅に到着した移民労働者たち

まで、祖国の国内経済が彼の生存に対して支払ったコストは約2000ポンドと推定される。移民先に1人到着するたびに、低開発国が先進国に対して補助金を払っているようなものだ。そのくせ手残りは産業化された国々の方がはるかに多い。生活水準の高さを考慮に入れるなら、自国で18歳の労働者を"生産"するコストは8000ポンドから16000ポンドの間だ。

　　他所で生産された労働力の利用は、メトロポリタン国家にとって、年間80億ポンドの経費削減を意味する。

　　機械を手にした者からすると、人間はタダ同然である。

入国審査。ジュネーブ

　　このシステムの擁護者は、双方に利益があると主張する。彼らに言わせれば、移民は低開発国に以下の利益をもたらす。

1. 移民は人口増加を抑制する。若い移民は晩婚化する。既婚者は妻の不在ゆえ、子づくりの機会が減る。
2. 移民は失業を減らし賃金を上げる。加えて、移民の出身国は労働力減少により機械化が進む。

受付センターを出て市内へと向かう移民労働者。ジュネーブ

3. 移民は習得した技術を出身国にもち帰る。産業国での経験が教育に寄与
   する。
4. 移民の仕送りが出身国の国際収支を改善する（1972年、ドイツで働く移民の
   仕送り総額は少なくとも30億ドル以上だとされる）。仕送りが出身国の産業投資
   の資金供給を後押しする。

こうした言い分の裏で、そこから程遠い現実は放置されたままだ。

1. 移民は同世代の中でもとりわけ起業家精神に富む。

2. 彼らの労働力は自国から切り離されている。

3. 失業率の低下は通常、ある地域が健常な働き手のすべてを失うことを意味する。働き手を失った"ゴーストビレッジ"で農業がさらに劣化する。

4. 低開発国の富裕階級は工業化や農業の機械化に関心がない。

5. 移民は未熟練労働者のままだ。数日ごとに新たな業務につかされる。

6. 帰国しても工場がない。

7. 低開発国は先進国に借金を負っているがゆえに国際収支の問題が生じる。移民の仕送りが低開発国の銀行に入金されたところで銀行は先進国への支払いに回してしまう。また、低開発国の銀行で引き落とされたとしても、仕送りの大半は先進国の商品の購入にあてられる。

　　　黄金はとても高い空から落ちて来るから、地面に到達しても地中の奥深くに潜ってしまう。

2.WORK

労働

この街は特別だ。
地面と垂直に立ち
地上に立っていない。
壁を這う蔦のように広がる。
そこに暮らすわれらは歩く
上へ下へ
ムカデのように軽々と。
大地や海に
垂直に立つ
立坑の壁の上でわれらは生きる。
通りの間を川が流れる
樹皮をつたう雨のように。

一年の最後の日
すべての都市が
身をやつすことを許される。
咎めを受けることなくマラケシュは
パリの衣装をまとい
マドリードは自由な我が身を想像し
トリニダードはイングランド銀行を爆破する。

自らのためにこの都市が発明した
空を
洋服の包みのようにほどいていく

夢の中で見つけた
鳥の卵、空の青さ。
青が通りの屋根と出会い
ガタガタと聞こえぬ音をたてる。
その音が目に見える。

19世紀の移民たちの住まい。ニューヨーク

太陽の中心で
空の中
正義の氷河は獲得する
光の速さを
ひと月で
太陽系を横切り
あるいは十万年をかけて
われらの銀河の
最果ての星に辿り着く。

通りの突き当たりで
スズメが
空に向かって座る
静脈のような枝の中
樹皮のそば。

囚人が撃たれると
スズメは飛び去る
視界の外へ。

今日の空を
見えない生存者が行き交う。
立坑からわれらは手を振る。

　自身の労働力を売るために、彼はメトロポリスにやってきた。

　欧州の産業国家のすべてが、移民労働に依存している。その４分の３が、なかでも最も大きいふたつの国にやってくる。フランスとドイツ。移民労働者は、まず出身地域の慣習に従って行き先を選ぶ。トルコ人であればドイツ。ポルトガル人であればフランス。ギリシャ人であればスウェーデンに行くだろう。

　彼は自身の労働力を、商品のように自由に売り渡す。

バラック。ドイツ

下宿。スイス

20世紀の移民たちの住まい。
貧民街。フランス

87

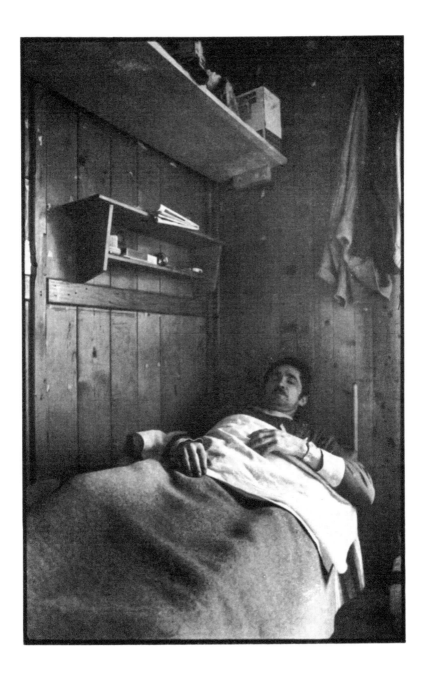

3分の2が工場、建設、土木に従事する（新しい人生へと続く道をつくったのは他ならぬ彼自身だ。道路、高速道路、トンネル、滑走路、高架線）。少数が農業に就く。残りはサービス業。フランスでは産業労働者の20%が移民だ。ドイツでは12%。スイスでは40%。最も過酷で最も嫌われる薄給の仕事、例えばドイツならプラスチック、ゴムやアスベストの加工工場に移民は集中する。ケルンのフォードの組み立てラインでは労働力の40%が移民だ。フランスのルノーの作業場では40%。ヨーテボリのボルボの工場では45%。

　彼は、生きるために人生を売ることができる。

　労働契約を交わした企業は、彼にベッド付きの部屋を支給する。移民労働者の半数以上が、企業の宿舎かバラックに暮らす。

ベッドが置かれた壁の隅の先のドアは廊下に通じ、その廊下の先に洗面台とクソをする場所があり、その濡れた床を辿って外へ出て、階段を下りたところの通りを、片側のビルの壁と反対側の往来の壁に沿って進み、線路を越えると、ガラスと人工照明の下に彼の職場がある。掃くべき床。空けるべき穴。運ぶべき鋳塊。叩き壊すべき梱包。嵌めるべき歯車。それらが終わると、全く同じか似たような仕事に取って代わる。同じ仕事、違う床、違う穴、違う鋳塊、違う梱包、違う歯車。さっき作業を終えたのだから違っているはずだが、また同じことの繰り返しの繰り返しの繰り返し。違っているはずな

のに同じにしか見えない。個々が結合され、それが、あらゆるものが結合した都市全体へと結合して、彼のベッドが置かれた部屋にまで連なりながら戻っていく。あらゆるものが同じ何かの一片なのだ。働くという一片、歩くという一片、眠るという一片、彼の食卓に似た一片、そこで食べる何かもその一片だ。あらゆる一片が彼を取り囲む何かの欠片であり、ほんのわずかでも振る舞いを間違えて一歩でも踏み外せば、叩き潰される。そこには、言われた通りのことをやるには十分な余地があるものの、ベッドで眠るのを除けば、それ以外をする余地はない。

フランスでは最近まで、移民労働者の80%が正式な書類を持たずに違法に暮らしていた。その結果"公式な"非公式システムが生み出された。移民たちは時に、職と住居と雇用者の了承さえあれば合法とされた。当初、移民を無法者とみなしたことで、当局は、のちに一部の権利を与えるまで、彼らの不可侵の権利について考慮しなくていいのだと言い張れるアドバンテージを得た。今日の政府はこの状況は適切に法制化されたと主張する。けれども多くの移民、アフリカの旧フランス植民地からやってくる者を含めれば約半数の移民が、現在も正式な書類なしに来ていることは疑いようがない。

　すべての正規移民が国家機関（もしくはそこに斡旋することで1人あたり392ドルを移民に請求する業者）によって管理されるドイツでも、25万人から50万人ほどの移民労働者が密輸され、なかには稀に、自ら進んで密入国する者もいる。

非合法移民

　彼は書類を持たずに入国した。歓迎の挨拶が済むと、彼は物問いたげに無言でいとこを見つめる。静けさの中、外の通りで聞き取れない叫び声が上がる。いとこは冗談半分で、顔をしかめながら歯を剥き出す。ここまで来たのだから、ここがどんなところかわかるだろ。コップが欠けている。面倒は彼らが見てくれる。大手を振って故郷に帰れるさ。それは励ましのようにも陰謀のようにも聞こえた。

いとこと他の7人と同じ部屋で何日かを過ごしたら、そろそろ仕事と寝泊まりする場所を見つけなければならない。求人があれば彼らが教えてくれる。とはいえ決まるまで時間がかかりそうで、金はすでに尽きかけている。出発前に借りた金は旅の代金と賄賂にあてた。工場の外で仕事はないと告げられると、通りにひとりの男が現れ、横に並んだかと思うとまるで同胞のように同じ言葉で話しかけてくる。男は仕事を見つけてやると言う。

　非合法の移民労働者は労働局に行くことができない。外国語の書類を読むことができない。そこに、書類の文言を代読し、来たばかりの移民に情報を売る仲介業者による不正取引が発生する。職を得ることができたら、彼は仲介業者に給料の2週間分を支払う。

　彼はずる賢くないわけではない。牛の競りは極めて高度な頭脳戦だが、そこで彼はできるだけ有利な取り引きをすべく絶えず知恵を絞った。相手の目をいかに真実（相手にはその一部しか見えていない）から背けるよう仕向けるかをめぐる争いは、同時に、手口を見破られた際に、いかに「名誉ある」撤退の道を確保しておくかをめぐる争いでもある。

　都会の信用詐欺は全く手口が異なる。都会では同じ人物には二度と会わず、都会がまるで海のように物も人もすべて呑み込んでしまうから何でも真実になるという前提の上にそれが成り立っている。信用詐欺はどこまでも人生について回る。その効果は催眠術にかかる体験に似ている。詐欺師は常に被害者と現実の間にいる。

　秘密めかしたささやきで、男はあるタイル工場の住所を彼に伝える。彼は週給17ポンドで引き取られる。正規の移民であれば40から50ポンドはもらえただろう。それでも幸運だと彼は思う。毎日働くことができる。残業や夜勤をすれば貯金だってできる。そのあとで別の仕事を探せばいい。メトロポリスにいるだけで十分な褒美だ。これだけは失いたくない。雇い主や通りの見知らぬ誰かと一度でも悶着を起こせば、面が割れて国に送り返されてしまいかねない。彼はこの褒美をひたすら守り続けなければならない。

　下宿を探す。いとこと7人の男たちにあてがあると言う。訪ねた最初の扉から、すぐさま見知らぬ人物が出てくる。暗記したての5つの単語で尋

ねる。部屋のドアが開いたり前金を払ったりといった何らかの行動が続くものと思っていた。代わりに見知らぬ人物は、その顔の裏で邪悪なびっくり人形が絶え間なく上下に跳ねているような何とも言えない表情で彼を見つめる。玄関前に立つ男の目は、まるで人形が一番高くジャンプしたときだけ見えているかのようで、いったん下がって男が数語話すと、また跳ね上がってくる。この人物の背後の謎めいた設えの廊下の奥で、誰だかわからない人物が、何の理由があってか、喋りながらドアを閉めた。

　　　農民は手ごわく、狡猾で、時に裏表がある。人に見られぬよう暗がりの中で、ゆっくり、執拗に、復讐を企てる。眠りにも似たその暗がりには、人ひとりしか入ることができない。村は執念深い。軟弱さは馬鹿にされる。強者は媚びへつらわれる。村を理想化するには及ばない。しかし、いつもと変わらぬある日、都会では起きないようなことが村では起きる（都会で起こり得ることとしては革命や包囲線が近い）。男も女も誰かのために行動する。頭より先に体が勝手に動く。誰かが被った不正義に対するプロテスト。自らを捧げ、犠牲となる。行動は谺となり、共鳴し合う。谺はどこからやってくるのか。空か。野か。先祖か。谺は聞こえないが行動を完遂させる。行動する者はそれを感じ、それを目撃した者もまた感じる。メトロポリスでこんなふうに事が成し遂げられることはない。

　　　最もみすぼらしい部屋を移民労働者に貸し出す連中は、悪徳大家（sleep-dealers / marchands de sommeil）と呼ばれる。小さな1人部屋（1世紀前の女中部屋）にベッドが3つ置かれる。9人の男が仕事のシフトをやり繰りして3つのベッドで眠る。24時間あたりベッドが3つ。家賃8ポンド、もしくは給与の10分の1。

```
pes l'étoile          .00*
                     2.55
                     2.20
                     2.35
                     1.40
                     1.42
                     9.92*
```

　スーパーマーケットで初めて買い物をする。

　　どこからやってきたのか、そこに並べられた物の多さは目を瞠るほどで、ほとんどはパッケージされており、ラベルを読めない彼に中身の見当はつかないが、村中の家庭にあるものすべてを一箇所に集めて棚に収めたよりもはるかに多い。人はゆっくりと棚に沿って歩き、ときおり商品を手に取る。盗みを働いているように見える。完全な無表情が悪巧みを示唆する。そのくせ無防備だ。自分もそうした方がいいのか迷う。万引きと疑われはしないだろうか。食べるものもあれば使うものもある。トマトが目に入る。普通のトマトが籠に入っている。買ってみることにする。一緒にパンも。銀色のカートを押す人たちについていく。お札を渡す。小銭が機械の口から鉄の受け皿に吐き出される。後ろの女性が背中をつつき、釣り銭を取るよう指図する。ベッドに戻ると、ゆっくりと念入りに買った物の値段を勘定する。初任給と比べながら物価の見当をつける。目標の貯金額に達するには倍の時間がかかりそうだ。別の仕事を見つけない限りは。

　　方々からやってきた人影が工場の門扉でひとつになる。何千人もの人。男と女、徒歩の者、自転車の者、車の者。同じ行き先に向かって近づいていき、やがて肩と肩でひしめき合う。にもかかわらず、軽い挨拶を交わす以外は、互いを気にかけもしない。みながそれぞれの思いに耽り、まるで全員がこの日の朝、個別にここに来るよう召喚されたかのようだ。

　勤務が始まる前、工場の外にいる間であれば、踵を返して立ち去ることもできる。みなのあまりのよそよそしさに、異なる国からやってきた自分と同じような新米移民ではないのかもしれない、と彼は訝しむ。

　他者の経験を理解するには、自分のいる世界から見えている世界を解

体し、相手の世界から見たものへと組み立て直さねばならない。誰かが下した選択を理解するには、例えば、彼の前に立ちはだかり撥ねのけたかもしれない、失われた選択肢に思いを馳せねばならない。食うに困らぬ者は、食うに困る者の選択を理解することができない。他者の経験を、どんなに不器用なやり方であったとしても掴み取るためには、自分の世界を解体し組み立て

直さねばならない。人の主観に入り込むという言い方には語弊がある。人の主観は、ある外面的な事実に対する決まった内面的反応によってできているわけではない。そもそも外面的な事実の配置が、その人を中心にしてそれぞれ違っているのだ。

　作業を教わる。それができれば、残業して週40ポンドは稼ぐことができる。彼は見よう見真似で作業を覚えていく。言葉が必要なときは彼の母国語を話せる誰かが呼ばれる。

洗濯機の組み立てライン。リヨン、フランス

　現代の大量生産は、大半の作業が技術がなくてもできることを前提とする。20世紀半ばにヘンリー・フォードは、79％の労働者が8日間で仕事を覚えることができ、そのうち43％は1日で覚えることができると明言した。それは今日も同じである。

村へと続く道。スペイン

過去2世紀の歴史は、ありていに言えば地獄以外の何物でもなかった。その期間が、悪魔という観念が捨て去られたのと一致しているとは信じ難い。教科書がどれほど神秘化され偏見に満ちていたとしても、欧州先進国の子どもたちは学校で資本主義以前の歴史の何かしらを学ぶ。奴隷貿易、救貧法、児童労働、工場の環境、1914〜18年のアルマゲドン。資本主義制度は、こうした履歴を前に、今はすっかり進歩して過去のような非道は決して起こり得ないのだと主張する。この主張はあらゆる公的な言説の暗黙の了解となっている。わたしたちは人権を尊重する民主的システムを生きていると教わる。過去の行き過ぎは、このシステムに生来備わった本性によってもたらされた。

　誰もが見よう見真似で覚えていく。ひとつひとつの動作にさほどの苦労はないが、その繰り返しの上に別の動作が重なり、いくつもの動作が精密に、1分ごと、1時間ごとに容赦なく積み上がっていくと疲労困憊する。作業のスピードは身構えて体に指示を出す暇を与えてはくれない。動作の中で、体は心を失う。

工場の女性移民労働者。リヨン

1. Pick up bottles (2 rows of 3).

    Grasp 6 bottles (2 in left hand, 4 in right hand). Hold thumbs toward you and fingers away from you.

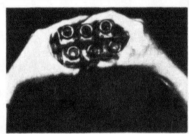

2. Inspect necks.

    Tilt necks slightly so that the light will show defects.

3. Separate bottles.

    Separate bottles so that the left hand holds 2 and the right hand 4.

4. Turn left wrist to left with palm of hand up. At the same time move the left thumb toward the left so that the top bottle falls into place to the left of the bottom bottle. This places 2 bottles in the palm ready for inspection. Use the left thumb as a stop.

Fig. 327.   Pictorial instruction sheet for inspection of bottles

時間と動作に関する研究書の一頁

101

工場内の食堂。フランクフルト、ドイツ

労働および生活環境の向上、社会福祉、議会制民主主義、近代技術の恩恵は、過去の非道が偶発的なものであったとする主張を裏付けるために語られる。メトロポリスの中心部で、この主張は概ね信じられている。搾取の最もあからさまな形態を目にすることがないのは、それが地球の裏側の第三世界で起きているからだ。裏側には、地理上だけでなく、文化上の意味もある。パリ郊外の「ビドンヴィル（貧民街）」は裏側にあたる。移民たちが眠る墓のような屋根裏もそうだ。そこにあるのに、誰にも見えない。

　　そんな中、先住労働者たちは仕事の不自由から癒やされることを求めて消費者になっていく。フォードの英国人労働者：「ここでは何も成し遂げられない。ロボットにだってできる。生産ラインは間抜けなやつ用だ。頭なんかなくていい。やつらもそう言ってる。『お前らの頭に金を払ってるんじゃない』。意味ある仕事じゃないことに早晩みんなが気づく。ただ生産ラインに乗ってるだけ。金のために。誰も自分がしくじったとは思いたくない。歯車のひとつだなんて認めたくない。だから給料袋を見て、それで妻と子どもに何ができるかを考える。答えはそこにしかない」

　　彼は自分の腕を見つめる。まるでそれが肩ではなく、手に持っている物によって動かされているのではないかとでも言うように。給水ポンプで動く腕を想像する。部品が動くと動く目。空気が入ると動く肺。機械のあちこちから漏れ出す液体は、水の外で飛び跳ねるのをやめた魚の口のまわりの液体のようだ。自分がやっている作業が、彼のもっているスキルと何の関係もないことはわかっている。彼は鞍に藁を詰めることができる。聞けば、この工場は洗濯機をつくっているらしい。

　"普通"、つまり慣れ親しんでいる状況の総体を捉えるのは難しい。というのも、人は概ね習慣化した一連の反応をもって何かに応答するが、それは応答でありながら、その状況の一部だからだ。歴史、政治理論、社会学は、"普通"がただの規範でしかないことを教えてくれる。残念ながらこうした学問は逆の使われ方をする。そこでは伝統を擁護するために、慣習を普遍へと神聖化してくれる答えを求めて問いが立てられる。どんな伝統においても、自分の身に何が起きたのかを問うことが禁じられている、決まった問いが存在する。

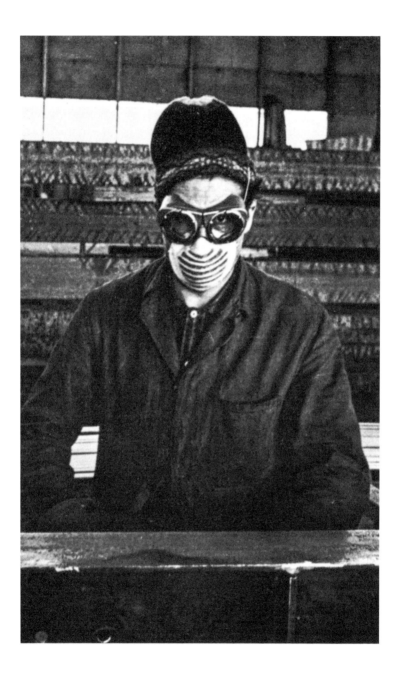

"普通"は、それと正反対の行動を通してのみ、その姿を十全に露わにする。曰く、"異常""過激派"、もしくは革命行動。こうした行動によって普通がその普通さを剥ぎ取られたとき、自分がかけがえのない存在であるという然るべき感覚は、自分を離れ、自分が生きる歴史的時間全体へと繋がっていく。

　そこでようやく、自分の身に何が起こり、何をすべきなのかを理解する。そして、"普通"がいかに自分を否定し抑圧してきたのかを発見する。

　他者の体験を見るためには、自分の世界を解体し、相手が見ている世界を中心に世界を組み立て直すだけでは不十分だ。他者が置かれた状況を知るには、体験のどの部分がこうした歴史的時間から派生しているのかを問い質さなくてはならない。その人自身がそれに加担したのだとしても、普通の名において一体その人に何がなされたのかを。

　マルクス（1867年）：「工場では、死んだ機構が彼らから独立に存在し、彼らは生きた付属物として、この機構に合体される。（中略）機械労働は極度に神経系統を疲らせるが、また筋肉の多面的な働きを抑圧し、すべての自由な心身の活動を、奪ってしまう」

　踏む、剉り貫く、圧する、打ちつける、油圧機具があげる悲鳴、物質同士がぶつかり合い、擦れ合う衝撃。こうした音に慣れるには時間がかかる。騒音もまた離れた物質とぶつかり合い、擦れ合う。反響音の中を持続するリズムに従って、あらゆる谺は消え去る前に別の谺に打ち消される。終わりもなければ、始まりもない。騒音が止み、工場をあとにしたとしても静寂がもたらされないのは、ぶつ切りで執拗なあのリズムが耳の奥で鳴り続けているからだ。それが聞こえている限り、まるで聾のように他の音は何も聞こえない。

　静寂は、ここでは聾なのだ。

　マルクス（1867年）：「四季の規則正しさをもってその産業殺戮報告を産み出す密集した機械装置のもとにおける生命の危険は別としても、人工的に高められた温度、原料の屑が充満した空気、耳を聾する騒音等によって、すべての感官が等しく害なわれる」

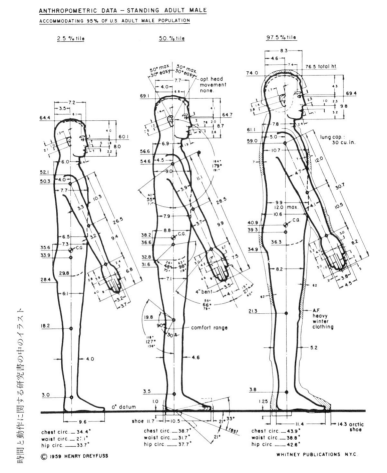

時間と動作に関する研究書の中のイラスト

ヘンリー・フォード (1922年):「反復労働が人に何らかの損傷を与える
という事実は確認されていません。現場を知らない専門家たちから、反復労
働が精神のみならず身体を破壊すると聞かされていますが、わたしたちの調
査からはそうした結果は出ていません。ひとつだけ、一日中踏み板を踏み続
ける作業にあたる作業員の事例がありました。彼はその動作によって体が傾
いているのではないかと危惧していたのです。医療検査からそうした影響は
確認できませんでしたが、もちろん、わたしたちは彼を、他の筋肉を使う別の

経営者たちによるスウェーデンの工場の視察

作業へと振り替えました。数週間のうちに、彼は元の作業に戻してほしいと
言ってきました。1日8時間同じ作業を繰り返せば身体に異常が生じると思
われるかもしれませんが、わが社にそんな事例はひとつもないのです」

　彼の感覚は、絶えず体験の不規則性に晒されているが、辺りを見回しても不規則なもの——木の葉は動物の歩み同様に不規則だ——など見当たらない。例外は酷使された使用済みのもの、床の液体、廃材の屑、自分の手の甲、隣の男の顔。こうした奇妙さのすべてが、仕事には必要以上にスキルが求められるような錯覚をもたらす。彼は自分が適応しなくてはならない動作の難しさを見積もる。やがてその困惑も消え、工場の2、3本のラインに慣れてくると、自信がついてくる。

　産業化した都市が、都市を拡張し、プロレタリア層（賃金が最も低く、雇用が最も不安定で、最も技術を必要としない、時にサブ・プロレタリアと呼ばれる層）を再編する必要に迫られると、農民たちが都市へと連れ出され、都市労働者へと変形させられる。

　イスタンブール、アテネ、ザグレブの現在の仲介業者がケルンやブリュッセルへと移民労働者を送り込むように、19世紀初頭の英国では、救貧法委員会によって設立された幹旋業者が、英国南西部の村からかき集めた無職の者たちをマンチェスターへと送り込んだ。

　他国からの移民労働者の大規模保護区を最初につくった産業国もまた英国だった。1845〜47年のアイルランドの飢饉では、英国の土地政策によって農業は破壊され、飢餓によって家族の離散もしくは間引きを余儀なくされた数十万人の農民が、リバプールやグラスゴーへと渡った。新しい環境に生計を立てるすべはなかった。低賃金を飲むしかなかった。どこにでも動けた。組織化もされていなかった。英国の労働者に下等民とみなされ賃金削減の元凶とされた。最底辺のスラムに暮らし、それがのちのアイリッシュ・ゲットーとなった。人夫、港湾作業員、製鉄作業員として働き、蒸気機関の発明以後の英国産業の拡大に必要な建造物の建設に不可欠な存在となった。

道路工事にあたる20世紀の移民労働者の一団。スイス

19世紀英国の鉄道敷設作業員の多くはアイルランドからの移民だった

現在の欧州における労働者たちの移住は、ひとつだけ違っている。働きに出た国での永住が、多くの場合、拒絶されるか妨げられている。政府や多国籍企業のグローバル規模の計画においては、移民労働は一時的である方が望ましく、資本主義にとって好都合なのだ。

　歴史の中に自分の先行者がいることを彼は知らない。また、一時的な移民の方が資本主義に都合がいいのは、彼自身が望んだことでもある。そもそも永住するつもりでは来ていない。そうした者の中には、帰らない方が安心して生き残れることにやがて気づき、永住を許される者もいる（なかでも最大の一群はイタリア人であり、イタリアが欧州経済共同体〈European Economic Community〉の一員であるがゆえに居住権をもっている）が、大半は決断できぬままだ。家に帰るにはもう遅すぎる、と彼は説明し、抗議とも降参ともつかない万歳をする。どうすりゃよかったと言うんだ？

　もし彼がそうした潮目を、彼の意志よりもはるかに強い流れを見定めていたなら、彼はそれを、人生と同様にひと連なりのものとして見ることができただろう。自身の身に起きる物事を、こうした全体性と解釈不能性において捉えることは、運命の感覚をもたらし、特別な忍耐と勇気を授ける。といってそれは、彼が二度と抵抗せず、あらゆる不正義を甘受するということを意味しない。悲劇は、その説明よりも、はるかに本人にとってはリアルだという意味だ。そして彼が知りもせず、知りたいとも思わない歴史が、そこに関わってくる。歴史は彼を取り巻く状況の一部であり、とっくに彼の体験の一部となっている。それは悲劇の一部なのだ。

社会的地位の低さのあまりの自然さは、人をして、制度をして、メト
ロポリスのエチケットをして、お定まりの言い回しや議論をして、劣っている
のは本人のせいだと当然のように思わせるが、彼の果たす機能やその社会的
地位が新しいものであったなら、それはこれほどまでに徹底した、あからさま
なものにはなっていなかっただろう。

　　それが始まったときから彼はそこにいる。

あの人たち、ここに来るけど、何のために来るの？

　　稼げるだけ稼いで国に送る。他に用はない。金のみ。聞いたことあるだろ。やつらは金を奪い、職を奪い、家を奪い、ちょっとでも目を離そうものなら、全部奪っていく。

　　あの人たち、何でもひとつのお皿で食べるの知ってた？　野蛮なのよ。

　　家族を連れてきたがる。通り全部を占拠して一軒に20人で暮らす。

ボラれていると言うけれど、家主は決まって仲間のひとりだ。内輪で自分た
ちだけ儲けてるのさ。

　　あの人たちが、自分の国でどんなだったか知ってる？　それと比べたら
路地裏だって宮殿よ。都会暮らしなんかしたことないのよ。追いつくのに100
年くらいかかるわ。

　　　　　ある移民労働者：「ヨーロッパのニガー（nigger）って、ところでしょうか」

　　みんなナイフを持ち歩いている。女は注意しろ。

　　みんなバラックで動物のように暮らしている。

　　みんな身内だけで商売をまわしている。

　　部品が途中までしか入らない。詰まった。機械の後ろから手を入れる
なと教わった。赤信号が灯る。大木が小川を渡すように倒れて片側だけ泡が
立っているかのように。こうなると何が起きているのか彼の手には負えない。
機械の停止は、その速度と同じくらい謎めいている。素手で捻ってみてから、
辺りを見回す。そして衝動的に目を閉じる。いとこが言っていたことを思い
出す。「森で木が倒れたら、他の木が持ちこたえる。だからおれはここに残っ
て外国には行かない」。機械は止まり、埋まった車輪のように部品の動きが鈍
る。上下逆さまに部品を入れてしまったらしい。現場監督がミスした彼を侮
辱する。

　　移民は主に、Zigeuner（ジプシー）、Lumpenpack（ルンペン）、Kamel-
treiber（ラクダ乗り）、Zitronenschüttler（レモン搾り）、Schlangenfresser（蛇喰い）
などと呼ばれる。

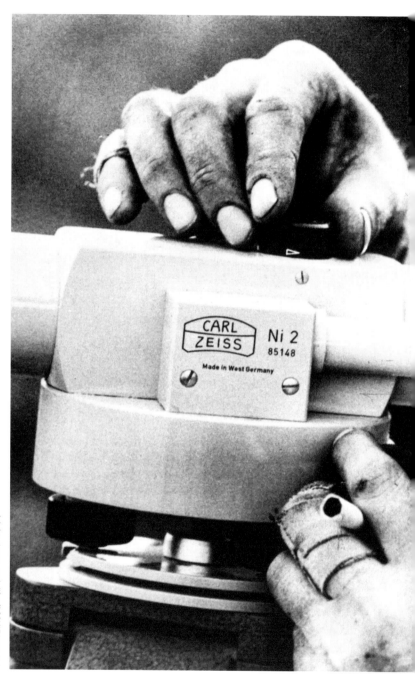

ドイツの建設現場で働くユーゴスラビア人

120

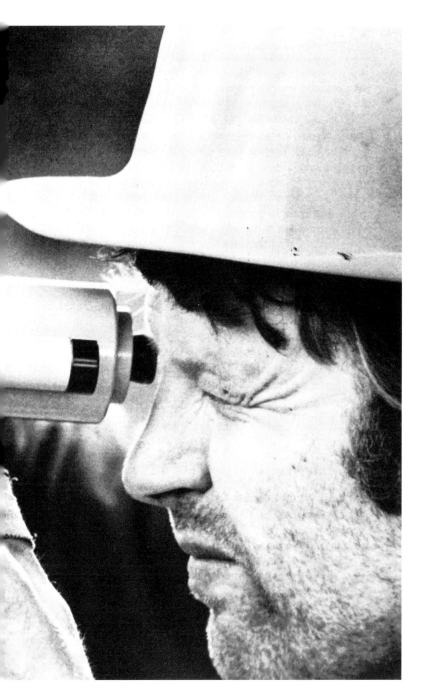

表向きには受け入れている。だが内心では己のプライドに恃み、自分が何者で何を成し遂げてきたのかを思い起こそうとする。成し遂げた最大のこととは、ここで働いていることだ。

　何のためにここに来るのか？　単純な答えはこうだ。第二次大戦後のとりわけこの15年間、欧州の経済成長の速さは人口の伸びを上回ってきた。その結果人手が不足する。対照的に地中海沿岸の国々では、先進諸国が生み出した医薬品のおかげで幼児死亡率や疾病が抑制され、人口超過が起きている。そこで失業者が仕事を求めてやってくるわけだが、それらの仕事は彼らの基準からすると、総じて割がいい。

　この説明には何の偽りもない。にもかかわらず、それは真実を偽装する。言語による偽装は見破るのがとりわけ難しい。

　境界を越えてしまえば、話し言葉であれ書き言葉であれ、あらゆる言葉は意味を失う。初めのうちはなんとか意味を探り当てようとした。彼に向けられた言葉のほとんどは説明か作業指示だった。取り違えればトラブルになる。やがて、当て推量しない方が安全だとわかってきた。耳慣れない言葉の音を静寂と同じように扱うようになった。

　静寂を打ち破るために。

　新しい単語を20個ほど覚えた。ところが驚いたことに、彼が話すと言葉の意味が変わった。コーヒーを頼む。バーテンダーにとって彼の言うコーヒーは、彼が入ってはいけないバーでコーヒーを頼んでいることを意味した。女の子という単語も覚えた。彼が使うとそれは、彼が盛りのついた犬だという意味になった。

　言葉のこうした不透明さを見破ることは可能なのだろうか？

　西欧の労働力不足は人口不足の結果ではない。特定の生産システムで特定の労働力が不足している。提示された額で低賃金の肉体労働を自ら引き受けようという働き手が足りていないだけなのだ。

バス停。ユーゴスラビア

地下鉄の駅。ストックホルム

123

近代技術は労働生産性を向上させた。その結果、生産に直接的に関わる労働者の割合は減った。代わりに高い生産性を維持し製品を販売すべく、サービス、企画、管理、マーケティングに従事する労働力が急増した。今では、商品と消費者を社会的に処理する仕事の方が、原材料の処理の仕事よりも多くなった。

　そうした仕事のいくつかは新しい技術と密接に関わっている。科学者、研究者、エンジニア、技師、メンテナンスや修理のための高度技能者等々。だが、より多くの者は（絶対的にも相対的にも）、多かれ少なかれ製造労働者に下支えされた生産量の増大がもたらす余剰を管理し吸い上げる業務に携わっている。この項目リストには、教員も含めた公務員や販売機構の幾多の部門に雇用される大半の職種を加えることができる。すなわちマスコミュニケーション・メディア、金融や保険、不動産に関わる人びと。あるいは美容施術、スポーツ観戦といった多種多様な個人向けサービスを提供する者たち。

　こうした新たな職域における仕事は、概ね苛立たしく非人間的だ。ただ、新たな仕事は、身体的には過酷ではない上、メディアが繰り返し押しつける社会一般の価値基準において、羨むべきものとしての社会的ステータスが付与される。白い襟（ホワイトカラー）が、労働の上流階級に入るための会員証となる。上に行けば行くほど体は使わない。上に行けば行くほど抽象化する。なぜそれが上なのかと言えば、使う設備が“洗練されている”からだ。

　この新しい仕事のカテゴリーは、仕事に対する報酬の考え方全般を変えた。いまや報酬は、言うなれば、それがないと成り立たないライフスタイル全体を含むものとなった。これと並行して、戦後の経済成長の中、労働組合が交渉力を増したことで、製造ラインに直接ついていながらもスキルをもった労働者の賃金が引き上げられた。引き上げられた賃金は利益からではなく、生産性向上の余剰から供出された。利益は賃上げ分よりもはるかに増えた。

バラックで夕食の準備をする移民労働者

　　いずれにせよエッセンシャルな、特別な技能を必要としない労働は消えてなくなりはしなかった。むしろ、経済成長はそれをさらに必要とした。

　一体誰が、新しい建物や高速道路を建設し、鋳物をつくり、都市を清掃し、組み立てラインに立ち、鉱物を採掘し、荷を積み込み、パイプラインを埋めるのか。

週末に買い物をする移民労働者。シュトゥットガルト、ドイツ

"ユートピア的"な解決策は理論上存在し得る。エッセンシャルな仕事に、不活性な非生産人口（未就労の若者、専業主婦、非生産セクターの余剰人員）を、ことのほか高い給料と見違えるような労働環境で引き寄せる。だが、これをしようと思えば利益を削り、経済全体の賃金体系を覆し、さらに悪いことにシステムの中心をなす原則を否定せねばならなくなる。すなわち、労働を頭と手、精神的なものと物理的なもの、高いものと低いものに分けることで階級社会は成り立つ、という原則をだ。

　どのみちユートピア的な解決策は必要なかった。失業労働者がいたからだ。労働力不足に苦しんでいる国々の発展が生み出した低開発状態の中に。

　翌週、同じミスで手に小さな怪我を負う。彼は自分の血を見つめる。

　フランスの移民工場労働者の事故発生率は先住労働者の8倍に上る。

　移民労働者の高い事故発生率には、いくつかの原因がある。

1. 移民労働者の多くは田舎の出身で工場労働に慣れていない。
2. 大半の事故は特定の作業を訓練し慣れていく期間に起きるため、西欧の国の工場に働きに来て間もなかったり、先住労働者と比べて頻繁に職を変えたりする移民は、事故に遭いやすい。
3. 言語の問題が事故の原因になることは多く、警告の表示が読めず、同僚が大声で注意するのを聞き取れないことから事故が起きる。
4. 事故のリスクが最も高い作業や産業において移民労働者の割合が高い。
5. 移民労働者は労働時間が長い。工場での事故は、疲労によって注意力が低下する勤務終了間際によく起きることが知られている。

どういう方程式であるかは、もはや明らかだろう。

彼の出身国の都市部では、貧困と阻害された経済発展のおかげで、非生産的なサービスセクターが蔓延している。日々、農民たちは田舎を捨てて一番近い都市に生活を求めて移住する。彼らの望みは何らかのサービスを売ることだ。靴磨き、非公式の駐車係、マッチ売り、あるいは体重を量る男。これらの蔓延は、飢餓と物理的な混沌をもたらす。その混沌の象徴が貧民窟だ。彼はそこを去った。

　メトロポリスに行くために彼は国を去った。メトロポリスでは、資本の集中と物質的な豊かさのおかげで、消費者を生産し再生産することだけに従

事する雇われ社員で構成された、別の意味で非生産的なサービスセクターが蔓延している。メトロポリスにおけるこの蔓延は、無駄使いと環境的な混沌をもたらす。この機構の中心には、拡大レンズとしてのショーウィンドウがある。

高級住宅の呼び出しベルと郵便受け。フランス

135

村から来た者にとって、同じ場所に住み続けるのは当たり前のことだ。彼は今都会に暮らし、贅沢を目の当たりにする。時に衝撃を受け、時に感心する。だがその光景、そしてそれを自分が目撃していること自体が約束なのだ。ここにいる者だけに与えられる約束。

　貧困の無駄と豊かさの無駄の間で、彼は働く。人生を変えるのに十分な金を貯めるために。約束が果たされるために。

　その頃、彼の生まれ育った国では、失業を生み出してきた状況が、しぶとく居座る。

　ふたつの無駄の間で、彼は働く。

　故郷では、週2日、小さな町の屠殺場で働いた。一時に10頭もの家畜が屠られるともなれば、その町では、数日前から話題となるイベントだった。屠殺場は屋根が低く、脱穀場ほどの広さもなかった。週半分は人影も檻の中の動物の姿もなく、門扉には錠がかけられた。丘の麓、砂利の採掘場の隣にあった。採掘場の隅には屠殺場の廃水を流す錆びた水路。彼が今働くところでは1時間あたり80頭が屠られる。1年あたり15万頭。

　ここに引き取られた当初、彼は二重の意味で幸運だと感じた。職を見つけただけでなく、業界について学ぶこともできる。故郷ではひとりが羊を押さえ、もうひとりが首の後ろを刺す。羊は動きを止めるが、血が出るまで誰かが刺し込まないと意識を失わない。すべては地面で行われる。ふたりがかりで動物を仰向けにし、下拵えをして皮を剥ぎ、内臓を取り出す。時に会話

をしながら、時に黙々と、器用なナイフ捌きの誇りとともに。冬の寒い日には死骸が暖をくれた。

　　地面の輪っかに縄で括りつけて金槌で気絶させなくてはならない雄牛であろうが、抱えることのできる羊であろうが、膝をつけた地面であろうが台の上であろうが、家畜の飼い主がいようがいまいが、販売用の食肉という観点から彼は自分がやっていることを捉えていた。仕事が上達すれば、その分だけ無駄が減る。彼はゆっくり仕事にあたった。暑い一日の終わりでもなければ急ぐ理由もなかった。

　　真夏の熱気の中の血の匂いはわけが違う。吐いてしまう恐れから作業は急を要する。ありえない恐れだと思うほどに吐き気は襲ってくる。

　　都会の屠殺場のスケールに彼は圧倒された。ラインの速度にも。比較的動きが少ないのは唯一、気絶した牛が自動的に吊り上げられる、血が滴る飼い葉桶の辺りだけだ。吊られた牛は、赤い小川が生きているかのように自然に流れる木の幹のようだ。10分もの時間をかけて首が切り落とされると、機械のリズムがあとを引き継ぐ。血まみれの森を抜け、高速道路に出る。

　　彼はその高速道路で働く。首は切り離されている。食道は感染を防ぐために結んである。前脚のひとつが皮を剥がされ取り外される。別の滑車へと移され、（体全体を吊っていた）ふたつ目の脚が取り外される。彼の仕事は（未熟だが）皮を剥いだ頭部を洗うことと、蹄の台車が満杯になるとメインフロアの外にある作業場へと運ぶことだった。蹄で満杯の台車。百の野原で中断させられた命。

　　後ろ脚が大きく開かれた死骸は、ローラーに乗って下拵え人、切り裂き人、皮剥ぎ人たちを通りすぎていく。油圧式の皮剥ぎ機が切開された腹の端の皮を掴み、腹の脇に沿って裏返していく。背中まで行くと皮は剥ぎ取られる。

　　手が空くと、もうひとつの仕事にあたる。彼と同じように皮を作業場へと運んでいる3人を手伝う。熱せられた皮は水びたしで、まるで雷雨に襲われて全滅した群れが、稲妻によってひと塊に圧縮されたかのようだ。

電動の刃が胸の骨を挽いていく。開かれた胸から赤と緑の内臓が取り除かれ、検品され、送り出される。そこから死骸を社会化する部門が動き出す。他ならぬ移民労働者がバラックや宿舎の部屋で食べる肉と、金持ちや高給取りがレストランや家で食べる肉が選別される。

　さまざまな部位が、さまざまな街区のさまざまな肉屋へと送られる。フィレステーキとローストビーフが届く通りがあれば、ハラミや腸が届く通りがある。内臓や各部位の社会的分配は、機械から振り下ろされては死骸をふたつに切り裂くノコギリほどに精密だ。振り下ろされたノコギリを、オペレーターが、まるで天国へと帰る聖ペテロのように素早く振り上げる。

　頭脳作業で腹を満たす者には、動物の背骨からランプにかけての最上の筋肉。未熟練肉体労働者には、ホホ肉、心臓、胃、肺、脾臓、乳房、脛、そしてテール。

　聖ペテロは40秒ごとにひとつの死骸を切り裂く。60分もすれば、0.5トンものレバーが取れる。積み重なったレバーの山が、1個の巨大な臓器に見える。

　地元の屠殺場がもっと整備されていたなら、近隣一帯の町に肉を届けることができるのではないかと彼は自問する。問題は冷蔵だ。ここではトラックで冷蔵できる。

　ある日、作業員のひとりに冷凍庫に閉じ込めるぞと脅された。男が何を怒鳴っているのかわからなかったが、結局ただのジョークだった。先住作業員の中にはこの男を慕う者もいた。数日後、そのうちのひとりが食事に行こうと彼に合図を送った。彼らは毎日近所のレストランで獰猛なまでに肉を食べた。肉に対する凄まじい食欲。一緒に行ったものの、食事は思ったよりも高く、大量に食べることにも慣れていなかった。彼はほぼ毎日、バーでひとりサンドイッチを食べ、濃いブラックコーヒーを2杯飲んだ。

　洗うべき頭も運ぶべき蹄も途絶えることはなかったが、日が経つにつれ彼は次第に、機械が動物を増殖させているような感覚を覚え始めた。1頭殺すと100頭に変わる。その感覚は何かの妨げになったわけではなく、ほんの

一瞬よぎるだけだった。その感覚が残ったのは短い瞬間が何度も繰り返されたからだ。一回限りのことだったら、気に留めることもなかっただろう。

　　一日の中で最もきついのは終業後の夜だった。宿舎の地下の大部屋で国籍の異なる15人の男たちと寝泊まりしたが、多くの者は数晩だけの滞在だった。仕事と睡眠の間の時間を、彼は通りを歩き、ときおりカフェでやり過ごした。

　　きっとこんなことを思いながら：「こんな夜更けの今頃、みんなは馬や、ロバや、牛や、山羊や、羊や、虫や、鶏や、猫や、犬とともに、とっくに眠りについている。起きているのは、聞いたこともない通りを歩く自分だけだ」

　　人の視野は限られているが、想像力には限りがない。村を出たことのない男であっても、星に届くほど遠い空想の世界をつくり上げることができる。旅をせずとも世界の反対側に辿り着くことができる。

　　通りを歩くほどに、動物がいないことが気になってくる。ときおり、リードに繋がれた犬や、壁に駆け寄る猫を通りすぎる。動物がいないことへの不慣れから気が沈む。本当にいないのか、秘密裡にどこかに隠されているのか、不思議に思う。あるいは、通りすぎた道やゴミ捨て場にいたのに見えなかっただけなのか。

　　屠殺場に歩いて戻り、鉄道の線路を渡り、明日屠殺される牛を集めた飼料はなく水だけが置いてある囲いに近づく。夜警が懐中電灯で彼の顔を照らし、何をしているのかと問う。ここで働く者で散歩中だと彼は答える。母国語で答えた。夜警は彼をしっしと追い払ったが、横柄でもなかったのは、この外国人がナイフを持っていることを恐れたからだ。しっしと追い払う。半笑いを浮かべ、家に帰って寝な、と言う。

　　数日後、彼は仕事を変えてもらえないかと申し出た。気絶処理を行う作業場に向かう牛たちに水をかける仕事がしたいと伝える。その作業は、それを10年もやってきたふたりの仕事だと告げられる。

　　彼の中でふたつの妄想（もしそう呼びたければ）が溶け合っていく。機械

が死骸を増殖させる。肉は決して食べられることがない。彼が洗った頭部は、昨日洗ったものと同じだ。夜の間に切断された頭が首と再び合体し、皮が再生する。蹄が砲身のような脚からまた生えてくる。体の切断面がつぎ合わされ、再び皮に覆われて元通りになる。彼がそう思うのは、頭皮を剥がされた目が、毎朝見るたびに同じ目であることに気づいたからだ。その間、通りに沿って、あるいはビルの谷間で、見えない牛の群れが草を食む。彼は二度と囲いのそばには近づかなかった。

妄想の餌食になったわけではない。彼は誰にもそれを話さなかった。仕事の妨げにもならなかったし、信じてもいなかった。それは単に、折に触れてその姿かたちを取って現れる不安だった。不安は日ごとに強まっていく。

1カ月後、帰りの列車に必要なだけの金が貯まった。代わりに彼は、南に向かう家畜運搬車に隠れ乗った。

家族──彼は未婚だ──に、なぜこんなに早く戻ってきたのか、出発のときに借りた金はどう返すつもりかと問い詰められると、彼は首を横に振って答えた。「ここでは仕事がなくとも道端に放り出されたりしない。向こうでは、いつそうなってもおかしくない」

なぜやつらがここにやって来るのかって？　金のためさ。それを国外に送る。だから物価が上がる。

ある移民労働者：「自分たちと同じだけ稼ぎたければ、自分たちと同じ仕事をすればいい」

矛盾しているようだが、夢の中でなくとも真実は錯綜している。ひとつのものが同時にふたつのものを意味する。食卓とソリ。針とくちばし。

　職場に行くたびに、彼は3つの打算の対象となる。ふたつは他人の。ひとつは自分自身の。

ひとつめの打算

　資本主義からすると、労働力不足を補う移民労働者はとりわけ都合がいい。提示した賃金を受け入れてくれるので、全体の賃金の上昇も鈍る。その意義をドイツ経済研究所（DIW）はこう説明する。
「外国人労働者の絶え間ない流入に対する反対の声は各所から聞こえるが、労働市場が他国から切り離されると、国内の労働力を求める雇用者間の競争が激化し、ドイツ連邦共和国内の賃金上昇の圧力が強まることを認識すべきである。こうしたコスト上昇の圧力は西ドイツ企業の国外、国内双方における競争力に影響を与えずにはおかない」

　資本主義は、絶えず増大する資本の蓄積を求める。そして、それは生産力の絶えざる増大を求める。しかし、市場は必ずしも生産の都合に応じて反応するわけではない。結果、不景気と好景気が繰り返され、インフレ傾向も強まる。戦後、それは統制されてきたが、統制は失業を生み出す要因も孕んでいる。不況時に切り離し、好況時に呼び戻すことのできる労働力予備軍が必要となる。組織化された国内労働者階級がこれにあてられ一様に苦しむとなれば、彼らは体制の打破を要求し、革命プロレタリアートに転じさえするだろう。ところが、もし移民労働者を労働予備軍にあてることができるなら、必要とあらば「輸入」し、ひとたび余れば「輸出」（祖国に送還）することができる。そもそも何の政治的権利も影響力ももたない移民であれば政治的軋轢も生じない。

　移民は、他のいくつかの理由からも"理想的"な労働者と言える。残業を厭わない。夜勤も進んでやる。プロレタリア未経験者という意味で、政治的にもうぶだ。シトロエン社の採用に応募した者は、往々にしてフランスに着いたばかりであることの証明として切符を見せるよう求められる。

指導者や"戦闘要員"となった移民は、即座にたやすく国外追放される。労働組合も守ってはくれない。移民は税金を納め、社会保障費も支払うが、滞在中にその恩恵を受けることはない。社会資本という観点で見れば、彼らに費やされるコストは最小限で済む。家族を呼び寄せることができないようにすることで、子どもを教育する必要もなくなり、独身の者（あるいは独身にさせられた者）であれば労働者階級の住宅不足がさらに悪化することもない。ドイツの法律は、移民の寝泊まりには1人あたり最低6平方メートルの面積がなくてはならないとする。ドイツの移民労働者の70％は、単身で、最低保障面積とほぼ同等のスペースで暮らしている。彼が給与の3分の1を祖国に仕送りしたとしても、すでに指摘した通り、大半は彼が働く国でつくられた製品を買うのにあてられる。移民の受け入れをめぐる政府間の交渉では、その対価として貿易協定が結ばれることが少なくない。

　さらにグローバル規模の都合の良さもある。移民労働者が就職することで、出身国の失業が緩和される。もし仮に、現在北ヨーロッパで働く1100万人の移民が一斉に帰国したなら、戻って来られた国は一触即発の政治状況に陥り、下心をもった帝国主義国家が"法と秩序"の名の下に介入せざるを得なくなる。あるスペイン人移民労働者：「わたしたちが、今もし大規模な社会革命を起こしたなら、明日にでもアメリカが介入してくることを想定せねばなりません。移民の出身国（わたしたちがやってきた国々）は、ますますアメリカに依存するようになっています」。多数の労働者が国外にいることによって、出身国で社会革命が起こりづらくなることも打算の一部だ。

何にも増して重要なのは、政治的打算だ。移民は最も卑しい仕事に就く。昇進の見込みはほとんどない。集団で働く際には、あえて他国からの移民と組まされる。職場での先住労働者との対等な接触は最小限に制限される。移民労働者はそれぞれ、異なる言語、異なる文化、そしてそれぞれの短期的利害をもつ。彼らは、個人としてではなく、集団（あるいはひとつの多国籍集団）として、一目でそれと見分けがつく。集団としての彼らは、給与、職域、職場の安全、住居、教育、購買力といったあらゆる尺度において、最下位に位置づけられる。

　やがて先住労働者は、待遇の劣ったこの一団を自分たちとは異なる者とみなすようになる。マルクス主義者であれば、その違いは二次的なもので、同じ階級的利害を共有していると指摘するだろう。この真実を認識することは、どんな革命運動においても不可欠だ。だが、移民労働が資本主義にもたらす政治的な都合の良さは、この理論上の真実が、まさに日ごとに幾重にも覆い隠され、日々の経験によって隠蔽されてしまう現実の中に横たわる。

　先住労働者は移民を"劣った"地位にあるとみなす。見聞きすることのすべてが移民と自分たちの違いを強調する。違いは、次第に理解不能へと

転じる。判断もせぬまま気づかぬうちに、そのふたつが融合する。そして、理解不能とされた移民は、今度は理解するに値しないものとみなされるようになる。本質的に予測不能で、無秩序で、無気力で、狡猾。やがて"劣った"の文字から括弧が外れると、移民労働特有のものだったはずの本質的な欠陥は、社会的地位自体の欠陥とみなされる。働き口で人の価値が決まる。かくして融合は完了する。

　　先住労働者の間に広がるこうした見方は、状況次第では、表立った暴力的な人種差別へと発展する。深刻な住宅不足といった都市生活における不満が、暴動や組織的な人種迫害の火種となる。こうした事態は支配階級にとっても、とり立てて望ましいとは言えない。彼らはそれを、憂慮すべき逸脱とでも呼ぶだろう。もうちょっと穏便に長引く方が、彼らには都合がいい。

　　本質的に劣等とみなされることで劣った地位に押し込められた移民労働者たちの存在は、社会の階層化はどんな形であれ理にかなった必然だとする信念の証拠となる。やがて労働者階級は、社会の不平等は自然の不平等の現れであるとするブルジョワの基本的主張を受け入れるようになる*。

　　自然の不平等をめぐる信念は、いったん受け入れられると恐れを引き起こす。自然によって与えられた正当な地位を、誰かに騙し取られやしないかという恐れだ。脅威は上からも下からもやってくる。労働者は、その上司たちと同じくらい疑い深くなる。と同時に、彼ら自身が認める生来の劣等のせいで手にすることのできなかった特権に嫉妬する。

　　一部の政治理論家なら、こう言うだろう。「はいはい。お定まりの分割統治。労働者階級は声を上げるべし。団結すれば立つ！分裂すれば倒る！」。現実はそれよりもはるかに繊細だ。わたしたちは迷宮の中にいる。

---

*封建制と絶対主義に挑んだブルジョワ階級が当初求めたのは、よく知られた通り、自らが自然の法に従って手を下すことができるよう、人為的な不平等を廃することだった。人為的な不平等を、自然の不平等に置き換えたのだ。

自然の不平等をめぐる信念は、男性と女性を能力で評価することに依拠している。能力は多様で、不平等に分配されているのは明らかだ。分野によって劣位の者が優位になることは往々にしてある。例えばドイツ人よりもダンスがうまいギリシア人、オランダ人よりもギターがうまいスペイン人。ある人物の社会階層上の地位は、その社会経済システムが求める能力をどれだけ有しているかによって決まる。彼は、自身の経験のかけがえのない中心をなす固有の存在とはみなされない。供給し得る能力と需要との単なる結節点に過ぎない。別の言い方をするなら、社会システムが求める機能の複合体でしかない。そして、それ以上のものとみなされることは、人間の平等をめぐる観念が提議され直さない限り、決してない。

　　平等は能力や機能とは関係がない。平等とは存在を認識することだ。教会は階層をもって天と地を誂えた。その一方で、魂の観念に信憑性をもたせるために、神の御許における人間の平等を認めざるを得なかった。カラマーゾフはさらに踏み込んだ。「全員でなく、ひとりしか救えないのなら、救済に何の意味がある？」

　　その十全性において人はどのような存在か。その問いと照らし合わせることによってのみ、社会システムの正義、不正義を判定することができる。でなければ、相対的に効率的かそうでないかで判定するしかなくなる。平等の原則が革命的であるのは、それがただ単に階層化に抗うからではなく、どんな人間も平等に十全であると主張するからだ。逆もまた然りだ。不平等を自然のものと認めるとき、人は断片化する。それは自分自身を、一対となった能力と需要の複合体とみなすことに他ならない。

　　移民たちの劣等を生来のものと認めることで、労働者階級は自らの要求を経済的なものへと矮小化し、自らを断片化し、政治的アイデンティティを喪失するにいたる。自尊心を保つために不平等の信念を受け入れたとき、先住労働者たちは、すでに社会が強いてきた断片化を、自らの手で完遂する。

　　こうしたことが変わらず起き続けるのが、支配階級の打算だ。

SABA pro TP 12 telecomputer

Schwarzweiß-Portable mit
44-cm-Bild. Minimale Wärme-
entwicklung durch voll-
transistorisiertes Netzteil mit
Chassis. Programmanwahl
durch 6 Leuchtdioden.

Wahlfreier Anschnallbügel.
Hochwertiges Vollmetall-
Die aktuelle Farbwahl ist

ふたつめの打算

　　ほとんどの移民労働者は、自分たちが搾取されているという政治的意識をもっていない。彼らの思考は伝統的で、カトリックかムスリムのどちらかに属する。彼らの変化への期待とヒューマニズムは、個人と家族双方の成功を望む。異国に長く滞在することで、彼らがどれほど政治化していくのかは、まだわからない。政治意識の高いサブ・プロレタリアートの存在が厄介だとわかっていればこそ、外国人労働者が長く滞在せぬよう、雇用主たちは彼らを絶えず"ローテーション"させる。

　　ほんのわずかな移民労働者だけが政治的に考える。それは時に母国での抑圧の体験に由来し、時にメトロポリタン国家で目にしたことへの幻滅と、彼らの明晰さに由来する。移民たちの資本主義の体験は、自分があらゆる場面で搾取されていることを少しでも自覚できたなら、単一の体験へと集約される。移民は来る日も来る日も、単一のシステムの面前に立たされ、常に否定される。そのたびに思考の進みの一歩一歩が大きくなる。その一歩は、単一システムの中にいる理論家たちよりもはるかに大きい。片手で数えられるほんの一握りの移民が、こうして革命家になる。いつでも24時間以内に国外退去させられてしまう彼らの立場は極めて危うい。一方で、政治意識をもたない他の同胞と同じ言葉を話し、同じ暮らしを生きる彼らの立場は、大きな影響力をもち得る。

　　ここに、ふたつめの打算が生じる。公的な労働組合の打算だ。

　　メトロポリタン国家のあらゆる労働組合は、移民労働の利用に反対してきた。彼らはそれを、雇用主が賃金を低く据え置くために用いる武器（彼ら自身が武器の一部であると思いもせずに）だと恐れる。労働組合の反対にもかかわらず移民労働力はどんどん流入する。政策変更を迫られた労働組合は、外国人労働者を組合員へと勧誘するようになる。

　　移民たちは既存の労働組合に加入する権利をもつ。フランス、スイスは、公的な役職に就くことは認めていない。どの国でも政治活動は禁じられている。何が政治活動に該当するのかは当局の裁量に委ねられる。ドイツではおよそ30％の労働者が組合に加入している。フランス、スイスでは約10％。大半の

移民は、組合員であろうがなかろうが、組合が自分たちの利益のために闘う
つもりも術もないのではないかと疑っている。

　　　実際、組合は当初のジレンマを解消できずにいる（移民労働をめぐる組合
の政策が、一般的な政策の狭隘な改良主義を脱してグローバルでラジカルなものとなるべ
き動機は存在しない）。彼らは労働者階級はインターナショナルだと言う。彼ら
が要求し、多くの国で法制化された同一労働同一賃金は、移民労働者が自
身の権利を知ることもなく、そもそも書類を持たず権利ももたなければ、た
やすく迂回される。主要な移民集団のために、彼らの言語で書類を用意する
組合もある。移民のストライキを組合が支援することもある（移民労働者がスト
破りをするのではないかという組合の危惧は誤りだ。彼らはほとんどの公式なストライキに
従っている）。組合は移民の生活環境の改善を主張する。にもかかわらず、移民
労働者は彼らがあとにした国に属する者であり、働く国に属する者ではない
という命題を超えて、組合が考え行動することは決してない。この命題に潜
む矛盾を前に、組合は無力化させられる。この命題を問題にしなければなら
ないのは（先住労働者と移民労働者の双方によって受け入れられたものだとしても）、属
するの語が、文脈上、いつも煙に巻かれているからだ。

移民をめぐる矛盾には以下のようなものがある。

移民は過酷さをわかった上で来ているので、あらゆる行動が短期的な利得に基づく。

移民は誰もやりたがらない仕事を引き受ける。

移民は昇進できない。

移民は手っ取り早く稼ぎたい。であればこそ進んで残業し、基準を超えた出来高仕事を請け負い、さらに別のパートタイム職をも求める。

移民は真っ先にお払い箱になる。

移民は被害者になりやすい。

移民は言語の障壁から他の移民や先住労働者たちと隔てられている。

移民の多くが雇用主と非合法な個人取引をしている。

移民は最も危険な作業に従事するが、保険金の給付が少ない。

移民はあらゆる役人や組織を信用したがらない。

移民には仕事以外の生活がない。仕事のみ。生活環境と言えるものはろくになく、労働環境しかない。

上記によって、先住労働者の交渉力が脅かされる。

上記によって、移民労働者は最も搾取された存在となる。

こうした矛盾を乗り越える唯一の方策は、移民の貶められた地位に異議を唱え、昇進の権利、政治活動を行う権利、望むだけ滞在できる権利、家族を呼び寄せる権利を、組合が要求することだ。こうした要求は、自分の方が移民よりも生来優れていると自負する大半の組合員を疎外することにもなるだろう。さらに、移民を今のやり方で使うことこそが国の経済──国内労働者階級もそこに含まれる──の利益になると主張する、政府や経営者層と正面からぶつかることにもなりかねない。

今のところ労働組合の幹部は、こうした要求をするにはいたっていない。彼らの打算は別のところにある。労働組合は、国内の労働者階級の生活水準に影響を与えず、外国人の中から過激分子が現れたとしても組合組織から切り離せる範囲内であれば、移民たちが搾取されるのを許すのだ。

三つめの打算

すぐに貯金が貯まるだろう。

妻や恋人は浮気していないだろう。

そのうち誰かを呼び寄せることができるだろう。

一度母国に帰ったなら、二度とここには戻ってこないだろう。

健康でいられるだろう。

　移民労働者の健康、不健康を、他と同じように判断するのはばかげている。彼らに与えられた役割、そこにおける彼らの生存条件は、予防医学や臨床医学の基準とは相容れない。彼らにその基準は適用されない。フランスのある調査は、移民における精神疾患の有病率はフランス国民の2、3倍だとしている。ここでいう精神疾患の分類はあてにならない。非科学的に聞こえるかもしれないが、移民たちが2、3倍も不安や不幸に苛まれていると言う方が、より科学的だ。

移民向けの宿舎。ほとんどが単身者だ。シュトゥットガルト近郊、ドイツ

宿舎でのトルコ人女性移民労働者。ドイツ

ジュネーブの地下からの報告

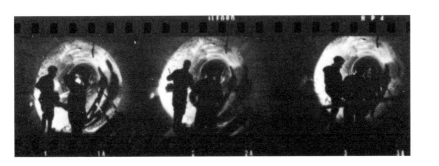

　ジュネーブは今日（1974年）、25万人の居住者を有する。15年前の人口は19.5万人だった。ジュネーブは工業の中心ではない。事務、契約、交渉、計画、約定、協定、報告の中心地だ。その業務の大半は国際協力、国際交流に携わる組織から多かれ少なかれ派生する。国連、国際赤十字、国際労働局等々。政府系国際機関の他にも、多数の多国籍企業や銀行。ジュネーブは、ヨーロッパの他のどんな街にも増して、言葉の首都だ。報告書、小切手の書き言葉。翻訳され、録音される話し言葉。そのすべてが他所の世界での出来事に関連する。そしてその言葉の多くが傾聴に値するものとして世界に発信される。この15年で言葉の数は増大し、それにつれて街も成長した。

　初めて国際連盟が置かれた建物と新空港の周辺の北部で、それはとりわけ顕著だ。新しいオフィス、その従業員のための新しいアパート、新しい店、出張者のための新しいホテル、新しい道路、新しい駐車場が、15年前まで森と野原だった辺りにまで遠く広がる。その頃、雨や雪は大地に浸み込んだ。今日、新設されたエリアでは、雨樋を用いて雨水を逃がす。北部エリアにすでにあった排水溝や貯水池だけでは間に合わなくなっている。市役所と州政府は、土木部門に計画を立てるよう命じた。

計画は野心的かつ進歩的だった。持続的成長を織り込み、汚染の問題も考慮された。その場しのぎの一時的な解決を拒み、惜しみなく市民の血税を投入した。新計画の推定コストは500万ポンド（結局それをはるかに超過する）。新興市街地だけでなく、湖の右岸のジュネーブ全域をカバーする排水網が提案された。

　排水溝を地上に整備するとなれば、国内外の交通を何年にもわたって混乱させる。地表のすぐ下を錯綜した配管やサービスのネットワークが行き交えば、ビルの建設に支障を来す。結果、30メートル以上の深さにトンネルを掘る構想が描かれた。

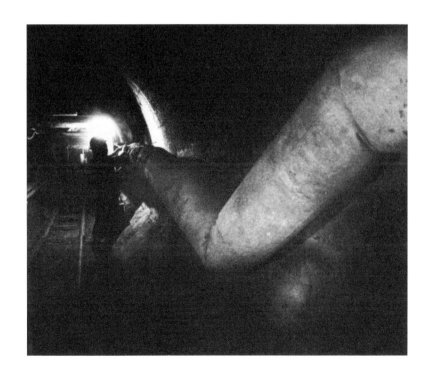

ひとつのトンネルは街の下を5キロにわたって走り、右岸全域の排水溝が集めた雨水を湖南のローヌ川へと流す。もうひとつは、最初のものと半分ほど並走し、世界規模の計画を生み出す予定の新しいビルとオフィスへと引かれる送電線、電話線、水道管を通す。それぞれのトンネルの直径は3.6メートルの予定だ。

　トンネル工事は1971年6月に始まり、1976年まで続く。トンネル工事では作業空間の制約から労働量が限られる。3面同時に作業したとしても100人ほどしか働くことができない。目下の作業員の大半はユーゴスラビア人だ。スペイン人の他、南部から来たイタリア人もいる。ジュネーブの建設現場では作業員の大半が移民だ。トンネルの中は移民が100%。技術者2人と現場監督の1人がドイツ人だ。

専門整備士と電気技師を除くと、作業員の契約期間は9カ月。契約が終わるとそれぞれボスニアや、アンダルシアや、カラブリアの村へと戻り、国際メトロポリスの地下トンネル工事の翌年の採用に応募する。スイスの法律に基づく滞在許可証（Aタイプ）は、こうした働き手の9カ月以上の滞在を認めておらず（それでも彼らは毎年やって来るのだが）、家族の一員を呼び寄せることも禁じている。ジュネーブでの滞在中、彼らは、建設を請け負ったスイスの民間業者が所有する木造のバラックで暮らす。

　地質学者の助言によれば、貫通すべき土壌の大半は砂岩のはずだった。砂岩は粘土でもなく、岩盤でもないため、計画には理想的だと考えられた。掘削（粘土の場合）や発破（岩盤の場合）の必要はなく、代わりに回転式切削機“機械仕掛けのモグラ”で砂岩を貫けば（シフトごとに10メートル前進する）、背後にトンネルが出来上がっていく。

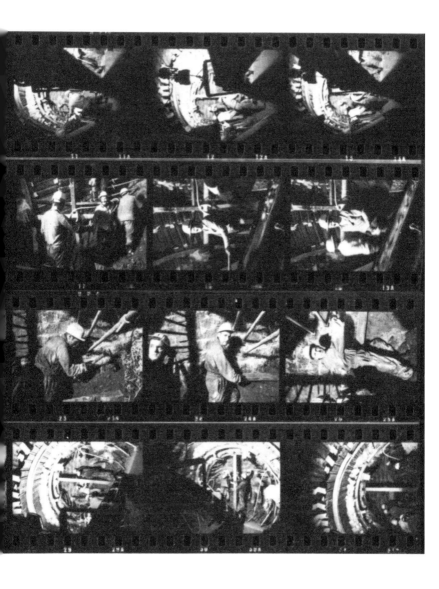

残念ながらジュネーブの地質学者たちの予想は外れ、トンネルは水脈と砂利に行き当たった。シャベルと手持ちの空気圧ドリルしか使い物にならず、10メートル進むごとに——もはや丸1週間かかる——長さ14メートルのチューブを突っ込み、水漏れを抑える凝固剤を注入せねばならなかった。水脈が破られれば1分あたり120リットルの水が吹き出してくる。

　こうした状況から、地下労働者にはふたつの選択肢が与えられた。濡れない場所で機械を操縦する。もしくはずぶ濡れでドリルを使う。機械の操縦は空気中の粉塵のせいで、より体に悪い。マスクが配給されるが、激しい作業での着用は酸素不足を招き、心臓に負荷がかかる。たまに操縦士が着用する以外、誰もマスクを着用しない。粉塵は珪肺症のリスクを伴う。珪肺症は炭鉱夫の職業病として一般に知られる。吸い込まれたシリカ（二酸化珪素）の微粒子が肺にとどまり、リンパ腺や肺組織に結節性病変を引き起こす。2年も粉塵に晒されれば発症するには十分だ。発症すれば完治することはなく、肺機能が低下すればするほどに全身の機能に影響が出る。石炭自体にシリカは含まれないが、隙間の岩に含まれていることが少なくない。彼らが貫通しようとしているジュネーブ地下の砂岩には、90％の確率でシリカが含まれているという。

　ずぶ濡れの作業はまずもって不快で、手持ちのドリルで穴を掘り、ぬかるみを除く作業にはかなりの耐久力が要求されるため、より高い賃金が支払われる。

　労働者たちは、7、8人の組に分けられる。全員が同じ国籍であることは決してない。地上の街が国際通訳を得意にしているにもかかわらず、彼らの間には共通言語がほとんどない。意思疎通のずれが事故に繋がる。一方、そのおかげで作業中の無駄口はほとんどない。クレーン操縦士を除けば、どの作業もスキルは不要で、簡単に替えがきく。地表のぬかるみや石を除去する、ベルトコンベアを整える、必要とあらばドリルで掘る、地上と坑底を行き来するトラムの列を運転する、トンネル内の補強のために並べられた鉄骨や鉄板を嵌め込む、鉄骨にセメントを噴射する、シャベルで掘る、荷車で運ぶ、機械を操作する。どの組も8時間シフトで、1日3交代で働く。

　各組には、食事休憩の1時間を含めた9時間分の賃金が支払われる。

トンネル内で食事を取りたがる者はいない。空気は澱んでいる（排水装置も換気扇もろくに作動しないが、役人の監査の噂が立つとすぐさま繕われる）。モグラの作動中は、滑石のように柔らかな灰色の粉塵が、肌、髪、鼻の穴、喉、肺に絡みつく。ハシゴを上がって地上に出て、また坑底に戻ってくるには、時間も労力もかかりすぎる。結果、各組は手を休めることなく8時間働き続ける。いずれにせよ、彼らが無理にペースを上げるのは、自分たちのためでもある。

　　その賃金で作業を引き受ける先住労働者はいない。最短時間で最大の稼ぎと貯金を得るために、移民たちが作業を引き受ける。超過作業に対するボーナスは表向きには違法だ。だが、いつだって抜け道はある。雇用主と移民たちの利害は、見たところ一致する。仕事が早ければ早いほど、労働条件が悪ければ悪いほど補填手当にありつけ、金も貯まる。雇用主からすれば、仕事が早く済むほど利幅が大きくなる。トンネルの中の地下労働者は月に300〜350ポンドを稼ぐことができる。

　　給与の4分の1は税金、社会保障費、組合費にあてられる（彼らの80%が組合員）。切り詰めて暮らせば、月に150ポンドは仕送りができる。この貯金が、自分と家族の人生を変えているのだと彼は考える。トンネルの中で働く男たちはみな同じように、それぞれに異なる未来に思いを馳せる。言語の分断が、孤立にさらなる拍車をかける。孤立は時に、ある種の無関心へといたる。現在に対する、そして自分自身に対する無関心だ。

　　移民たちは、自分自身のいくつかの側面を、状況によってすでに否定されている。彼らは性的な存在だとも、政治的に正当な存在だともみなされない。トンネルの中で働く限り、苦しみを引き受けるためだけに存在する。

1973年の年初、4人のスペイン人労働者が労働環境の改善を求めて半日ストライキを決行した。孤立無援で。直ちに解雇された。職を失えば国に残ることはできない。スペインに強制送還された。望ましからぬ"過激分子"としてスペイン当局に報告されたのは間違いない。スイスの労働組合は、彼らを守る手立てを何ら講じなかった。

　スペイン人たちの行動の結果、労働組合の代表を含む4人の派遣団が、トンネルの労働環境の査察にやってきた。問題なし、と彼らは明言した。

　100人を決して超えることのない作業現場では、その1年のうちに2人が殺され、3人目が両足を粉砕され（数カ月後もまだ入院していた）、4人目が脊髄を深く損傷させられ、5人目が発破によって聴覚を失わされた他、無数の軽傷が負わされた。

　事故の直接的な原因とされたのは、作業空間の狭さ（トンネルを通るトラムと壁の間には人ひとり分の隙間もない）、頭上を走る剥き出しのベルトコンベアからの泥土の落下、照明不足、騒音による会話の困難、言語の問題、疲労、顔を濡らしながらの天井作業、機械操作における不注意。

　こうした直接的な原因の裏には、より一般的な原因がある。移民に唯一与えられた選択は、未来を変えるべく稼ぎを最大化すること、もしくはそう試みることだけだ。雇用主の関心は自分たちの利益を最大化することだ。両者の関係が搾取を生み出す。にもかかわらず両者は、それぞれの理由からトンネルのいち早い貫通を目指す。移民にとって、自分と相容れない異国での時間は使い捨てだ（彼が扱う不慣れな機械と相容れないという意味ではない。村で送ってきた人生と比べて、すべてが相容れないのだ）。雇用主にとっては、移民自体が使い捨てだ。

　トンネル作業員が寝泊まりするバラックは、雇用主が保有している。家賃と食費は給与から天引きされて明細に記載される。主要な立坑のある地区の反対側にバラックは位置する。会社が保有するミニバスで各組が移送される。交通費は無料だ。

　仕事終わりに立坑の端にある冷水の水道で体を洗う。温水はバラック

に戻ってからだ。ジュネーブの街はそこまで大きくない。10分もあれば行き来できる。

　　バラックのメインの建物（70人ほどを収容する）の風呂場には、温水の蛇口が7つ、冷水の蛇口が17個、トイレが5つ、シャワー（温水が出る）が5つ。

　　男たちは、4人1部屋で寝る。広さは4.5×5.5メートル、壁と天井は木造。冬用の暖房は備えている。狭苦しいのを別にすれば、一番厄介なのは騒がしさだ。異なるシフトの組が絶えず寝起きすることで、なおさら喧しい。声や足音が隣の部屋にいてもやたらと響く。

自己の不在と性の剥奪を伴う勾留状態（兵役や懲役）にあって、眠りは時間からの解放を意味する。眠りは積極的かつ能動的な行動となる。

　部屋の住人はベッド、鉄製の衣装棚（40センチ幅で半分は木製。鍵のかかったスーツケースが上に置かれる）、ふたつの小棚、写真を貼るための壁、天井、角があてがわれる。

　宿泊費は一晩50ペンス（3.6スイスフラン）。シーツは2週間に1回交換される。部屋は日曜以外は、食堂とバラックの雑事全般を切り盛りする3人の女性（2人がイタリア人、1人がユーゴスラビア人）が掃除する。

　自炊し、そこで食べることのできる厨房がある。南京錠のついた戸棚に食料をしまっておくこともできる。

　100人は入る食堂もある。昼食80ペンス（5.7スイスフラン）、朝食（コーヒーとパン）22ペンス、夕食70ペンス。部屋の隅にはテレビ。話されるフランス語がわかるトンネル作業員はほとんどいない。反対の隅には、ビール、ワイン、たばこ、洗剤、剃刀を売るカウンター。

　バラックに暮らす男たちにとって、オフの時間は間延びした無益な時間だ。わずかな時間を利用して寝たり、洗濯をしたり、手紙を書いたりする。10人のうち9人は既婚者だ。数少ない若者たちだけが、稼いだ金を早速使おうと日曜の街へと繰り出す。大半の者にとって、娯楽の中心はベッドのある自分の部屋だ。他の部屋から誰かがやってきては互いに話し、聞く（黙っているとき、彼らは故郷に帰っている）。部屋の4人の誰かがポータブルの蓄音機を持っていることもある。故郷の一番大きな町で買ったレコードをかける。歌ったり、カードで遊ぶこともある。一緒に集まっても、彼らは大半の時間を、胸に秘めた期待や思い出の中に引きこもって過ごす。

トンネルでの作業に十分耐えられることがわかると、目標の貯金額に達成するおよそ3年から5年の間は、誰もこの仕事をやめようとは思わない。同僚と比べていい立場にいることに彼は気づいている。9カ月の勤めを終えると、彼はいったん故郷に帰らざるを得ない。彼が再応募してきたら、多くの雇用主は彼を再雇用したがる。だがスイスに再入国するには、初めてだろうと何回目だろうと、みな決まった医療検診を受けなくてはならない。彼は戦々恐々とする。次のX線検査で肺に影が見つかり、入国を拒否されるのではないかと……

　　移民の目の前にある唯一の現実は、仕事とそのあとにやってくる疲労だけだ。自分の本当の人生だと信じることのすべてから、どれほど遠くにいるかをいやでも思い起こさせるため、余暇とも疎遠になる。仕事と絶えざる刻苦以外の彼の人生は、過去と未来、価値と希望をめぐる、ある決まったイメージへと収斂していく。彼の人生を象徴するそのイメージは、じっとして動かない（経済的低開発による停滞が人生全般にまで及ぶ）。イメージは発展していかない。力が及ばないからだ。貯金をすることでしか、それらのイメージの中に再び入り込んでそれを生き返らせることができないと信じているがゆえに、満たされぬ欲求は仕事にぶつけて解消する他ない。働くことをやめてしまえば、動かないイメージの囚われになってしまう。イメージは動かないが、おぞましく歪んでいく。彼は、自身のイメージとかつての人生のイメージが、宇宙を凄まじい速さで違う方角へと飛んでいくふたつの星のように、どんどん離れ、とてつもなく遠くなっていく感覚を覚える。仕事だけが、この感覚から逃れる唯一の癒やしとなる。

市場の老女。ギリシャ

ベルジーノが描いた聖母

宿舎のベッドと、その壁面。スイス

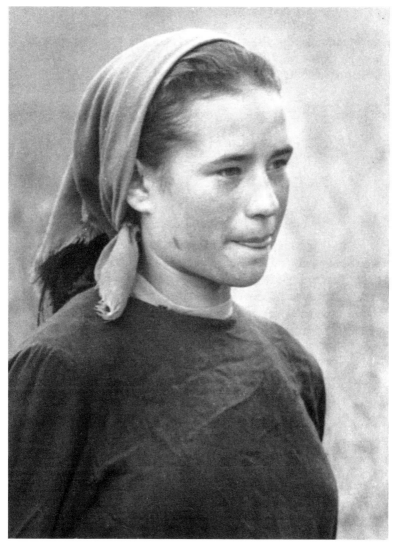

畑で働く農家の娘

あるイタリア人：「日中は仕事もあるし同僚もいる。稼ぎのことだけ考えて働きに働く。家族のためだと絶えず自分に言い聞かせる。ところが仕事のあとや日曜日ときたら、まるで地獄のようだ」

　なぜ？

　地獄で行き先を決めるのは難しい。勝手知ったる場所なら、男たちは広々とした田園にでも出て、大きな川の岸で寝転がっただろう。

　なぜ？

　人生における時間を、人は、自分の周りの空間のように感じると同時に、自分の中にあるようにも感じる。計測された外部の時間──1時間、1日、1シーズン、1年──が太陽系に規定されているように、自分の人生の時間も、太陽もしくは自意識の核の周りをぐるぐると回るかのように構成される。人生の時間を感知したとき、それは円で表現される。

　円の中には、過去、現在、未来のいくつもの瞬間が詰まっている。すべてが繋がり合っており、その中のある一点だけを取り出すことはできない。「私は〜だった」（I was）、「私は〜である」（I am）、「私は〜になるだろう」（I will）は、誰かが「私」と述べた際に使われる最も基本的な命法だ。円の中で、過去は埋もれて個々に独立した記憶の形を取り、未来は恐れと期待の形を取る。現在は、何かが起きるたびに円の中に入ってくるなり、過去と未来に関連づけ

られる。その3つはひとつに溶け合って、その時の行動の意図となる。意図は、過去に教わり、現在に存在し、未来によって方向づけられる。ただし、3つがひとつに溶け合うには、人生の時間における過去と未来が、自由で未固定でなくてはならない。例えば恐怖症（phobia）がいったん固定されてしまうと、人はその囚われとなり、目の前で起きていることに対して意図をもって行動することが妨げられてしまう。

過去と未来の要素は
現在と
自由自在に結びつく。

　　　恐怖症以外にも、外部的な要因から、こうした処理が妨げられてしまうことがある。例えば、喪の体験だ。それは死別から始まる。誰かの人生が終わる。その人生においてこの先、主体的な行動は起き得ない。死の不動があるだけだ。不動はやがて平安にもなり得るが、その不動性が当初は耐え難い。不動性は遡及的に振る舞う。終わってしまった人生はもはや変えることができない。残された者は、死んだ者の人生を辿り、生き直す。死んだ者が生きたのと同じように、その人生を生き直すことができたなら、終わってしまった人生の先にあったかもしれない人生をも体験することができる。だが、残された者は、過去に遡行する際、そもそもなぜその遡行が行われるのかを忘れることがない。残された者は、死を予告するために過去を辿る。死者の過去の人生を分かち合うことを望めば望むほど、死んだ者の過去は固定していく。過去を構成する要素は、円の中にもうひとつの線を引く。未来はその線の中に封じ込められ、現在との接触を失う。何のために生きるのか。残された者は、生きる理由を失う。

死別によって、過去は固定化し
未来は封じ込められる。

過去は、現在が人生の時間の中へと侵入するのを防ぐ壁の役割をも果たす。仮に侵入を許したとしても、過去の文法に従って形が変わる。彼が見るすべてのものは、今見えていないものを想起させる。そこでは想起されたものこそが本物の体験であって、実際に見ているものはそうではない。喪が明けたと想像してみよう。未来が再び開かれ、現在が作用し始め、過去が固定された状態から引き出される。意図を成す3つの要素がまたひとつに溶け合う。回復は状況の変化によるものではない。死は不可逆だ。回復は、人生の時間がようやく死を受け入れ、それを取り巻くようにして喪の体験が人生の一部になったことから起きる。

　喪は最終的だ（少なくともわたしたちの理性の次元においては。それを超えていくのは本稿の主旨でもない）。不在は一時的な喪と言える。にもかかわらず、強制された不在は、喪の時間よりも徹底的かつ長期にわたって、人の意図を破壊する。収監がいい例だ。囚人は、不在がもたらす二重の苦痛を味わう。囚人は今ここにないすべてを懐かしむ。と同時に、不在のまますべては続いていく。囚人は、喪失し、同時に喪失させられる。ただし、この不在は最終的な喪失ではない。彼は不在からの回復を思い描く。それは希望の源泉となるが、そこにこそ収監という暴力の核心がある。次第に彼は記憶と期待だけをよすがに生きるようになり、やがてその見分けがつかなくなると、未来における釈放の瞬間は、過去に残してきたものすべてと再び生きることと同義になる。収監は、現在を全否定すべくデザインされている。囚人たちはそれをかいくぐるべく、時に自分に下された判決をあえて意識化し、自らを変形させる（良心の囚人や政治犯であれば、これはさらにたやすい。収監された理由よりも大きな大義を抱いているからだ）。これができない囚人は、人生の時間の中の過去と未来をもって、現在を完全に遮断してしまう。

収監は過去と
未来を固定化し
現在を閉め出す。

出来事が発生し、何かが起きる。にもかかわらず、それは彼の人生の時間の中に入ってこない。彼が生きる現在は、彼の外にあって彼のものではない。その現在が、もし彼の近く、独房の中にあったなら、彼は矯正されたとみなされる。それがあまりに遠いようなら、狂人とみなされる。

　釈放されると、現在を受け入れる習慣を再び身につけなくてはならない。この"自由な"現在が彼を惑わせる。なぜなら、過去を土台にした想像上の現在のイメージが、それとそぐわないからだ。彼の不在の間にも人生は続いており、彼自身も変わってしまった。より当惑させられるのは後者の方だ。彼自身に変化をもたらした現在（内なる時間における）は、彼の外にある時間として体験されたものであるがゆえに、彼にはその変化が理解できず、知らぬ間に自分が誰かに変えられてしまったと思い込むようになる（実際そうなのだが）。自分と世界とを自分なりに結びつけようと試みるが、往々にしてそれが新たな"犯罪"に繋がる。彼は常習犯になる。ほんのたまに殻を破って出てくる以外は、自分の中の動かない時間に囚われたままだ。独房の中にいようがいまいが生涯続く収監の中で彼は生きる。左ページの図はもはや暗喩ではなく、実質を伴った現実となる。

　19世紀における移住は、大半が永住を意味した。一緒に移住しなかった家族と連絡を取り続ける移民も中にはいたが、離別は概ね死別に等しかった。やがて喪の時間が明けると、彼も、彼が残してきた者たちも、新しい国での暮らしは全く別の人生だと考えるようになる。

　今日の一時的な移民労働者は、囲いのない監獄に収監されているようなものだ。

　部屋が散らかるとの理由から、移民労働者が部屋にスーツケースを持ち込むことを禁じようとしたバラックがあった。労働者たちは、これに強硬に抗い、時にはストライキにまで発展した。スーツケースの中には私物が収められている。洋服棚に吊す服でも、壁に貼る写真でもない。それは、どういった経緯でそうなったのかは不明だが、彼らがお守りとする品々だ。錠がかけられるか紐で縛られるかしたどのスーツケースも、まるで彼の記憶そのものだ。スーツケースをそばに置いておく権利を、彼らは守った。

シュトゥットガルト駅で待ち合わせをする移民たち。ドイツ

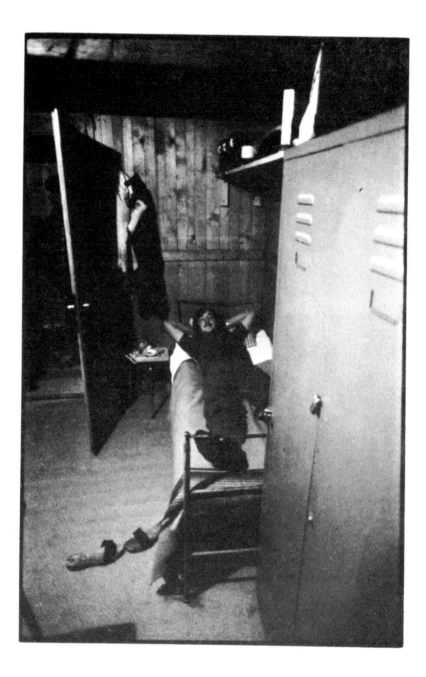

189

彼は若く、未婚だ。遅くに起きて、丁寧に顔を洗い、髭を剃り、着替える。街で買った服だけを着込む。仕立ての巧みなスーツ、シャツと同じ色の大きなネクタイ、ジグザグ模様の靴下、金の車輪を象ったカフス。胸ポケットのハンカチを整える。日曜には決まってふたりの友人とバスで街の中心に出かける。こうした外出はまだ本番前のリハーサルだ。本番は、彼が自分の車を手に入れ、それに乗って村に帰り、都会を自分の裏庭のように知り尽くした一人前の男となり、バラックではない自分のアパートに暮らし、滞在許可証を持ち、電話番号をずらりと控え、結婚すると決めた母国の娘を花嫁としてメトロポリスに連れ帰り、自分の両親とは違って男の子と女の子のふたりの子どもをもった、そのときだ。並んだ洗面台のシミだらけの鏡に向かって、彼はポケットのハンカチをもう一度整える。

　服役期間中、移民労働者はふたつの現在と向き合う。仕事の時間と"オフの時間"だ。

　仕事の時間には金が払われる。賃金を得ることで、彼は現在というひとつの単位を得る。この現在は、彼のものではなく、彼の過去や未来とは混ざり合わない。仕事の間、彼の意図は最小限に制限される。仕事上の都合が彼を動かす。けれども、単位化された現在を手にし、それを未来の可能性と交換することによって、現在は彼の人生の時間の中に入ってくる。

　海外で働くことをひとつの行為とみなすなら、たしかにそれは、彼自身の選択に基づく意図をもった行為だ。けれども、何日も、何カ月も、何年も続くその行為は交換可能な単位で出来上がっており、その単位は彼自身のものではない。彼はのちにその単位（金／時間）を、彼のものである機会と交換する。それは希望をもたらす一方で、それを交換するときまで現在を生き抜けないのではないかという恐怖を育てる。

　仕事をしているとき、彼は、自分の外にある現在しか生きることができない。これは多くの先住労働者が体験することでもある。違いは、移民労働者は仕事を終えても、自分の現在に戻ることができない点だ。

　枕の9インチ上の壁に釘を打つ。釘に目覚まし時計を掛ける。時計はその位置から、シフトが始まる90分前に彼を起こす。時計の周りには、20人

の女性のあられもない裸の姿を描いた願掛けのフレスコ画。祈りは、いつしか自分の男らしさが認められますように。誓いは、一瞬たりとも女の味を忘れてしまわぬこと。絵はメトロポリスで発行されるポスターや雑誌から切り取られた。彼が話したこともないような女性たち。お手軽な胸、お手軽な割れ目が誘う、お手軽なセックス。印刷機がそれを刷ったときほどに手早い誘惑。

　　未来のために現在を犠牲にするのは、まずもって人間的な行為だ。人間の条件を形づくるものでさえある。どの時代の物語を取っても事例には事欠かない。その物語は、初めての旅人の物語と同じだけ古い。家族の未来のために金を貯めることは、自助の義務として資本主義の倫理の礎石にすらなっている。19世紀の何千もの教訓譚でも、この原則は繰り返し語られる。

　　未来に捧げ物をすることは、継続性を前提にしている。報いは必ずしも個人に返って来なくてもいいが（捧げ物のうちには自分の命も含まれる）、捧げ物の価値が未来においても継続すると信じられていなくてはならない。犠牲は、それが未来においても聞き届けられ、報われると信じられていればこそ意味をもつ。伝統社会では、犠牲を捧げることが未来を保証することになると考えられている。そうした伝統の中身は変わっていく。神の御心への信心は、家族の繁栄への希望へ。国の運命は、革命の要求へ。いずれにせよそれらは継続性を前提とし、継続性が保証されることを求める。

　　移民労働者は、こうした継続性の感覚を狂わされ続ける状況の中で、未来のために現在を犠牲にする。彼が体験し、目撃するものの中に、その犠牲を聞き届けてくれそうなものは何ひとつ見当たらない。単位化された現在を交換しに行くときのみ、自分がやったこと、もっと正確に言えば、やれと言われたことをどれだけ正しくやったかが認識される。それ以外、彼は、ほぼ誰からも認識されない状況の中を生きている。

同じ移民として生きる同胞から、たしかに最低限の仲間と助けを得ることはできる。しかし、隣り合っていたとしても、彼らは同じ現在を生きてはいない。彼らが最も近づくのは昔話をするときだ。自分の決心が揺らがぬよう、彼らは自分が認識される未来をそれぞれに思い描く。そして一日に何度もそれを繰り返す。思い描いた絵からのみ保証は得られる。その絵を描くために過去を辿る。移民を移民たらしめているのは、未来のために現在を犠牲にしていることではなく、現在を犠牲にすることの意義が、状況によって否定されてしまっている点にある。だから移民の置かれた状況は収監に似ている。

　仕事を終え、服を着替える。他の者の作業服が部屋に掛かっている。賃労働のための服。脱ぎ捨てられると、それを着て作業した男の痕跡は汗の匂いだけになる。作業服のある部屋にいつまでも残る汗の匂いは、冷や汗のそれだ。作業着を着ていると、ときおり寒気がする。服に苦行を強いられる。それを脱いでしまうと、彼は誰からも認識されない。

　バラックでの残りの夕べを、彼は故郷で着ていた服で過ごす。ローブ、色物のシャツ、素足が見えるサンダル、ツバのない丸帽、あるいは毛織りのショール。その畳まれ方や風合い、着心地の中に過去が残留し、現在から彼を守る物理的な絶縁体となっているかのようだ。

　食事は済ませたが、寝るにはまだ早い。高い窓がある部屋の中心に置かれたテーブルを囲む。窓にカーテンはなく、外を見るには高すぎる。部屋は暑く、窓は開いている。そこから夕方の渋滞の音が流れ込む。彼らは埠頭で、修理する船の係留場を清掃する仕事にあたっている。そのうちのひとりが肩の痛みを訴える。ほぼ毎晩、その男は訴える。10分もの沈黙がそれに続く。年長の者が、時計を見やり、ミルクを飲む時間だと告げる。一番若い彼が支度に向かう。廊下の突き当たりのトイレの脇にあるガスストーブの上に置かれた、柄つきのソース鍋にミルクを空ける。ガスストーブの冷えたオーブンからグラスを6つ取り出す。グラスにはいずれも、彼らの国の首都のシルエットをあしらった金の紋章。ミルクが沸騰しないよう注意深く見守る。ミルクを注ぐ前に、グラスが熱で割れないよう、ひとつひとつにスプーンを入れる。グラスを赤銅色のお盆に載せて部屋に戻り、ひとつずつみんなに配る。その間、年長者が銀のエンボス加工が施された砂糖入れをテーブルの真ん中に置く。砂糖入れが回され、それぞれがスプーン2、3杯の砂糖をミルクに入れる。スプ

ーンでグラスをかき混ぜる。一番若いのは、飲む前にありがたそうに香りを嗅ぐ。甘いミルクを彼らはゆっくり啜る。そして語り始める。その晩、年長者が自分の母について語り始めた。代わるがわる、みなが自分の母について語った。

日付が、電信柱のように、過ぎていく。

194

195

ギリシャ人のクラブに集うギリシャ人たち。シュトゥットガルト、ドイツ

ギリシャ人のクラブに集うギリシャ人たち。
シュトゥットガルト、ドイツ

公民館で月に2回開催されるダンスに参加するスペイン人。ジュネーブ

オフの時間は、未来の何物とも交換ができない。それは外にある現在であり（仕事の時間と同様に）、何の意味ももたない。純然たる無意味。彼はできるだけそれを避けようとする。あるいは昔話でそれを埋めようとする。家事を仕事に見立て、交換可能な単位として計測されるふりをして失敗する。言葉を追うことなくテレビを眺める。駅に行き、到着する列車を待つ。ゲームをして遊ぶ。ゲームは現在から切り離された別の現在をつくり出してくれる。座って未来を思う。歌う。

　音楽は現在を支配する。現在を分割し、人生の時間へと繋がる橋をつくり上げる。聞き手も歌い手も音楽の意図を借りて、そこに、ひとつに溶け合った過去、現在、未来を探し当てる。音楽が続く限り、彼はその橋の上を前へ後ろへと行き来することができる。

　音楽がやむと、無意味が再び染み出してくる。現在が無意味であると感じることは、死や呪いにも等しい。

　ところが仕事のあとや日曜日ときたら、まるで地獄のようだ。

　それがなぜなのか、指摘しておくべき事実は他にもある。言語の障壁によって自然なコミュニケーションがとれないこと。自分たちを生来的に劣等とみなす先住者たちの拒絶によって現在が否定されること。それによって有無を言わさず何度も過去へと送り返されること。屈辱的な生活環境。性の剥奪。

　けれども、彼を襲った最大の暴力は、彼の内面に起きたことを通じてこそ明らかになるはずだ。

　　彼の内面において起きたことは、移民労働者ではない何百万もの人び
との内面で起きたことでもある。ただ彼の場合、それははるかに極端な形で
起きる。産業消費社会が何世代にもわたって自ら選択することなく徐々に経
験してきたことを、彼は一個人として、人生を自ら選び取ったと信じるひと
りの男として、いきなり体験しなくてはならなかった。彼はわたしたちの制度
の内容物の中を生きる。それは暴力をもって彼を変形させる。わたしたちは
変形させられることがない。すでに制度の内容物だからだ。

家畜・農産物の品評会の祭り。コンボ、ユーゴスラビア

夜勤明けのある朝、街角で目を上げる。人通りはほとんどない。昼間の渋滞に巻き込まれていないバスは、まだ速く走っている。清掃されたばかりの通りの一部がまだ濡れている。彼はベッドに戻ろうとしているのか。通りを掃除しているのか。日勤に向かおうとしているのか。見上げると、4階の高さの屋根の端に大きな鳥の影が見える。手では持ちきれず、腕に抱えなくてはならないほどの鳥。2羽目が煙突の裏から現れる。

　操車場の向こうの川から飛んできたアヒルが降り立ったのは屋根の端、「OMEGA」と大文字で書かれたネオンの上だった。屋根の高さに降り立った大きな鳥の姿が、突如彼に歓喜をもたらした。都会で見ることのできる光景だとは思わなかった。喜びが1年ごとの村への里帰りまでの数カ月の時間を一気に縮める。早朝のある一瞬、バスがまだ速く走っている時間、120日の4カ月が、まるでたった60日の2カ月に感じられた。

3.RETURN

帰還

スニオン岬の観光客。ギリシャ

九柱戯をする子どもたち。トラペット、シチリア

207

彼の孤独は雨の中の鉄のよう
掌は錆で赤く
川の向こう岸
死者とともに
暗がりのなか
（寝台に横たわり）
口笛でフェリーを呼ぶ

征服者たちのような口笛
まるで
スレイマン大帝
客死したアルブケルケ
そしてアレクサンダー大王*

そしてついに旅人の帰郷を
語る声を聞く

*いずれも知られたコンキスタドール。移民労働者の出身国の6つのうち5つは、かつて他国を
征服し植民地化した強国だった。

あるユーゴスラビア人：「家に帰るかって？ もちろん。できるなら今すぐにでも。スーツケースひとつで生きているんだ。何も買わない。買ったものをどうしろと言うんだ？ 寝床から寝床へと担いでいくわけにもいかない。ここに残って腰を落ち着けるなら話は別だ。でも絶対にそれはしない。故郷の家で暮らすのがいい。いつか故郷の暮らしが外国の暮らしより良くなったら戻って、自分のために働いて、自分の家を建てる。天国だろ。給料がもうちょっと上がって、みんなが仕事にありつけるなら、誰も外国へと去っていったりしないさ」

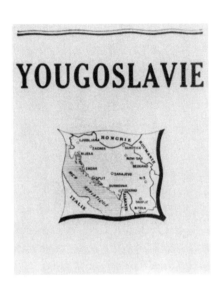

列車と牛市場。セルビア、ユーゴスラビア

レンガを積む村人たち。ユーゴスラビア

ユーゴスラビア移民の貯金で建てられた家

211

合法的な移民の多くは、毎年ひと月ほど故郷に帰ることができる。それが許される時期は生産の状況による。例えばフランスでは8月中は工場が閉まるため、移民労働者は国に帰る。スイスとドイツでは、冬の最も寒い2カ月はビルなどの建設作業が困難もしくは不可能となるため、移民労働者は解放される。ただしその間の給与は1カ月分だ。

　特別列車が運行され、特別便が飛ぶ。買った車で何千キロも運転して帰る者もいる。逸る気持ちから運転が速い。いつもの2倍は飛ばす。解放される期間は限られている。帰りたいという身体的な衝動が波のように押し寄せる。交代で運転して夜通し走る。ハンドルを握っていない者はプラスチックの座席に頬を当てて居眠りをする。

　旅費を削るためにゆっくり帰省する者もたまにいる。彼らには時間の制限がない。なぜなら再び移民となるくらいなら、合法だろうが違法だろうが故郷で何でもやると心に決めているからだ。

　彼にはフィアンセがいる。彼は結婚している。彼には子どもがいない。彼には6人いる。不在の間、彼の妻がひとり目を産んだ。

　問題を起こしたときだけ、彼にはアイデンティティが与えられる。排除すべき者として目をつけられる。

　この1年で手紙を書くのがしんどくなった母の言葉は、弟が聞き取って送った。土産は人数分ある。贅沢を控え、慎重に選んだささやかな土産。家を建てることが何よりも優先される。家が完成したら帰郷して、いつまでもそこで暮らす。

目安となる計算式がある。家族の面倒を見ながら家の建材に必要な資金を貯めるには、海外で働いておよそ5年。建てるのは一家総出で行う。車やトラクターを買ったり、職人仕事に必要な工具を揃えたりするなら3年だ。

　　賄賂に関する計算式もある。役所への就職、兵役の免除、営業許可、警察に厄介になった兄弟の保釈金。賄賂は、いずれも工場での仕事の数カ月分、あるいは数年分。

　　腕時計3本を密輸する計画を何週間も練ってきた。税関職員たちは、「羽振りのいい貧乏人は犯罪者」という国際的な了解に則って、移民労働者を差別する。今年最後の賭けだが勝算はある。列車に乗ると、スーツケースや荷物とともに、これまで取り上げられていたすべてが返ってくる。自立、男らしさ、個人の住所、声、女癖、年を取る権利。没収されたポケットの中身のように返却されるわけではないが、目的地に着く頃にはすっかり彼の元に戻ってくる。

　　距離（km）と時間（h）が車窓の外を流れ去っていく。それらが心の井戸を満たしていく。ようやく、眠りの中での出来事が、彼の願いと一致する。

　　列車の廊下で髭を剃りながら、鏡の中の顔を矯めつ眇めつ眺める。この数カ月、鏡の中から見返してくるのは、ずる賢い共犯者の顔だった。ようやく誰かに認識される自分に戻っていく。この11カ月の間隠し通さなくてはならなかったことが、誰の目から見ても明らかになる。彼は劣っているどころか、むしろ優れている。

215

移民が買って帰ってきた調度品。アナトリア、トルコ

車を買って帰国した移民とその家族。アナトリア、トルコ

216

州都で列車を降りる。旅立ちの際には、町の見慣れぬ光景に驚かされた。今は一種の懐かしさに驚かされる。耳にする言葉がすべてわかる。もし今、見知らぬ人物が彼を呼び止め、「恥を知れ！」と罵ったとしても、彼は自分が話す言葉で赤の他人に呼びかけられたことをまず喜んだだろう。彼が受け止める眼差しは、これまでの会釈とは違っている。駅の外の大広場に彼の名を知る者はいないが、彼がどこから到着したのかはみな知っている。そこにあるのは、罵りどころか称賛と羨望の眼差しだ。

　　国が変わるよりも早く彼の方が変わった。旅立ちを決意する要因となった経済状況は改善していない。もしくは悪化していることさえある。

移民たちの出身国の中で、ユーゴスラビアだけが例外的に今のところ高い経済成長率を誇っている。1945〜65年のユーゴスラビアの経済成長率は世界最高だった。にもかかわらず、海外で働くユーゴスラビアのクロアチア人が、仮に今の稼ぎの半分でユーゴスラビアで職についたとしても、その給料はクロアチアの平均賃金の1倍半だ。もとより賃金とは関係なく、そもそも仕事がない。目下の予測では、祖国に帰りたいと願っている海外労働者を受け入れることのできる働き口は、数年後には3分の1になるという。

　　トルコでは失業者が増えている。1963年に国外で行われた調査に答えたトルコ移民のうち半数以上が、帰国しても仕事はすぐに見つかると答えた。3年後、同じように答えたのはわずか13％だった。今日であればさらに低いだろう。

　　ポルトガルの平均収入は年間350ドルだ。人口は850万人で、160万人が国外で働いていると推定される。

　　彼の計算では、1年ごとの帰省は最後の帰還に向けた準備だ。これまでの体験から、金の威力は絶大だ。彼は少しずつ計画の実現に近づいていく。

経済的な意味でも、社会的な意味でも、自分自身の主になること。
やった仕事の対価のすべてを自分で手にすること。
店をもつこと。
タクシー業を始めること。
ガソリンスタンドを始めること。
いい土地を買って耕すこと。トラクターを買うこと。
石工として独立すること。

　　あるいは：
仕立屋になること。
オフィスで働くこと。
ラジオ修理をすること。
土地を購入し人に貸すこと。
写真屋を始めること。
都会の品々を売ること。

以上が最後の帰還に向けた彼らの計画だ。引き続き工場で働く気は
ない（もとより働く工場もない）。

　バス停の近くで、チューリッヒから戻ってきたふたりの仲間の車を見
つける。村の近くまで行くという。物乞いに金をねだられる。金を渡してやる。

　走り出すと彼らは都会のライターでたばこに火をつける。最初に目に
した動物の番人を通りすぎる。よう、おかえり。

　道端に、荷車と小さな梨を差し出す少年たち。

　メトロポリスで製造された車の後部座席に座る彼の噂で町はもちきり
だ。身を包むのはメトロポリスで誂えた服、足元にはメトロポリスの靴。3本
の腕時計が完璧に時を刻む。

　木々はあるべき場所に。

　噂話をしていると、開け放たれた窓から村が近づいてくるのが見える。
この11カ月の間、彼が金を送り続けてきたのは、ここだ。

　抱きしめた母は、か弱く、小さい。

　これから丸1カ月の間、写真は要らなくなる。

　まだ生きていた親戚のおじさんが、これまでとは違った目で彼を見る。
それが、彼が得た栄誉への敬意のせいなのか、おじさんの死期が近いせいな
のかはわからない。

　1年ぶりに初めて、魅力的だと思われる。1年ぶりに初めて、人に寛容
でいられる。1年ぶりに初めて、自ら望んで黙っていられる。

　彼らは最後の帰還を語る。

最後の帰還は神話だ。それは、それによってしかもたらされ得ない意味をもたらす。人知を超え、憧憬や祈りの域に近い。かつ、想像上のもので、決して実現されないという意味でも神話だ。最後の帰還など存在しない。

　なぜなら、村は彼が去ってからほとんど変わっておらず、暮らしのよす
がは今もない。かねての計画を実行に移せば、彼をここから去らしめた経済
的停滞の餌食になる他ない。

彼はすでにして膨れ上がった寄生的サービス産業に参入する。村も最寄りの町も彼を経済的に支えることができない。最後の帰還から2、3年もすれば、彼か家族の誰かが、再び国外に行くことを余儀なくされる。

たとえ村が変わっていなかったとしても、旅立つ前と同じように村を見ることは二度とできない。彼に向けられる眼差しは変わり、彼の眼差しも以前とは違う。

故郷に凱旋した移民の名声は相当だ（その名声からすれば、地元で肉体労働に従事するのは体裁が悪い）。村人は特別な経験をしてきた男として彼を敬う。村人たちが見たことのないものを見て、経験したことのないことを経験し、なし得たことのないことをなし得た男。彼は、金から商品、情報まであらゆるものに通じた通訳者、変換者、伝達者となる。村人はいいように彼を利用する。持ち帰ったものが徐々に村人たちによって奪われていく。彼の家族や家族の友人たちが非情だからではない。それ以外にやりようがないのだ。彼自身にも、彼らにも、彼が持ち帰ったものを再生産する手立てがない。彼がしてきた、ここにはない体験の使い道はない。それは他所にある。村では、彼が持ち帰った経験の中の、単位化された交換可能な時間を利用することしかできない。彼は賃金労働者になってしまう。村人はそのおこぼれにあずかろうとする。にもかかわらず、彼は村人の裁定に絶えず従わなくてはならない。村人はメトロポリスでの彼の体験を決して許しはしない。そこで体験した搾取について村人が知ったなら、彼は村の恥と罵られるだろう。村は乞食の王のように振る舞う。彼が公然と村の裁定に異議を挟もうものなら、新しく得た名声をもってしても、危険分子として糾弾されることは逃れ得ない。

　確かな居場所は、村にはもはやない。

　こうした結末は、いくつかの一般的な概念の中に組み込まれて当たり前のこととされる。曰く「発展への道」「欧州統一」「資本主義の歴史」、あるいは「来るべき革命に向けた闘争」。だが、こうした概念が彼に居場所をつくってくれるわけではない。空間の中にも、時間の中にも、居場所はない。

ドイツのトルコ人絵葉書商。同胞を商売相手にすべくやってくる移民は少なくない。彼は移民用バラックに近い路上で絵葉書を売る

SPIEGEL Service *Information Nr. 4*

„18 Prozent aller Auto fahrenden höheren Beamten würden eine Anhalterin in Hot Pants mitnehmen."

Auch diese Aussage beruht auf Ergebnissen der SPIEGEL-Marktforschung.

Wer Entscheidungen trifft im Marketing, in Verkauf oder Werbung, sollte die Untersuchungen des SPIEGEL-Verlags kennen. Sie liefern Daten und Informationen über Verbrauchs-, Gebrauchs- und Investitionsgüter ebenso wie über Dienstleistungen. SPIEGEL-Untersuchungen sind Planungshilfen,

deren Informationsgehalt in der Branche anerkannt ist.

Umfassende Markt- und Mediadaten, die nach statistisch-mathematisch anerkannten Verfahren aufbereitet worden sind, können Entscheidungen erleichtern. Wenn Marketingprobleme zu lösen sind, ist individuelle Beratung notwendig. Das Team vom Marketing Research* verspricht:

„Der Service des SPIEGEL-Verlags steht allen Unternehmen zur Verfügung. Auch Ihnen."

Rufen Sie an oder schreiben Sie.

DER SPIEGEL

　都会って大きいの？　年若いいとこが尋ねる。

　とても大きくて、辿り着くのに３日３晩かかる。

　今も川まで行って列車を見てるよ。パリ行きだって教えてくれた列車
を見に。夕方に川で泳いでいると、必ず通るんだ。手を振ると、たまに窓か
ら誰かが振り返してくれる。あの列車で帰ってきたの？

　ああ。でもここには停まらないんだ。

　線路の曲がり口でよく停まってるよ。

　いつもってわけじゃない。

　飛び降りたらよかったのに。

信号が赤じゃなかったらどうするんだ？　そこで停まらないぞ。まだまだ勉強が足りないな。どこに何時に停まるかが書いてある紙があるんだ。F国の駅には何百もの線路が集まっていて、あの墓から塔までの土地がすっぽり収まるほどの広さだ。

　みんな車を持ってるの？

　車がお互いにギリギリの距離で走るから、まるで川みたいだ。色とりどりの川。世界中の果物を集めたみたいだ。

　買うなら何色のがいい？

　色は重要じゃない。大事なのは、どれだけエンジンがもつかさ。

　運転は速い？

　おれらほどじゃない。行くより前に帰ってきた、ってよく言うだろ。やつらは、そんな感じだ。ぐるぐると同じところを回ってる。同じところで同じ車に乗った同じやつに1日4回出くわすこともある。行くあてがないんだ。

　ぼくも行ける？

　強いのか？

　見てよ。

　腕と背中だけじゃなく、ここも見せてみろ。

　首ね。ほら。

　下腹はどうだ。

　雄牛みたいだよ。

あとは、脳みそとキンタマだ。息子のためにも鍛えておかないと。

結婚してないよ。

息子が生まれる前から計画しておくんだ。

あそこも強いよ。

どれだけ強いか証明するテストがある。何人もの医者にあちこちを検査される。合格したら本当に強いってことだ。おじさんが子羊を買うときに病気のは選ばないのと一緒だ。

病気の人はいないの？

うちらの中にはほとんどいないな。鉄道の操車場みたいにでかい病院があってな、そこではとにかく大人しくしてないとだめなんだ。

どうやったら仕事は見つかる？

強いやつにはいつだって仕事がある。一生働いていられるくらい仕事がある。

仕事の後の食事は誰がつくってくれるの？

つくってくれる女の人たちがいる。給仕もしてくれる。食べるところにはテレビもある。

サッカーを観るの？

毎試合観られる。でも夜に働いた方がいいんだ。昼よりも給料がいいから。

お日さまよりもお星さま。

照明があるから夜も昼と同じだ。でも払いは夜の方がいい。

女の人もこことは違うって聞いた。

始めは自分の目を疑うほどだが、そのうち慣れてくる。あっちの女はとにかく我慢を知らない。ろくに着こなしもできない。人前でやたらと食うしな。食われたくなかったら、まずは疑ってかかることだな（笑）。

これはやる？（と言って4本の指を立てる仕草をする）

飛行機でも使う。

同じ意味？

世界のどんなところも、似ているようで違う。

これはいつ買ったの？（と、いとこの袖口に触れる）成功の証しだね。これを着けてるのを見たら、こいつは探しに行った物を見つけて外国から帰って来た男だってみんな思うよ。いくら稼いでたの？

それはお前にはまだ早い。税務署の連中より稼げるようになったら教えてやる。

戻るときは連れて行ってよ。

おれとお前で決める話じゃない。

帰ってきた兄さんが言えば家族全員が賛成するよ。一言言ってくれさえすればいいんだ。一緒に行くべきだって。そう言ってよ。

アナトリアの村人たちがアンカラにやってくる。都市の外れに住まいとなる掘っ立て小屋を建てる。建て始めた最初の日に屋根をかける。朝までに屋根さえできていれば、市当局は取り壊すことができない。小屋には下水道も水道もない。多くの者にとって、これが移民の第一歩となる

家を失うことは、名前を失うこと。彼。ある移民労働者の実存。

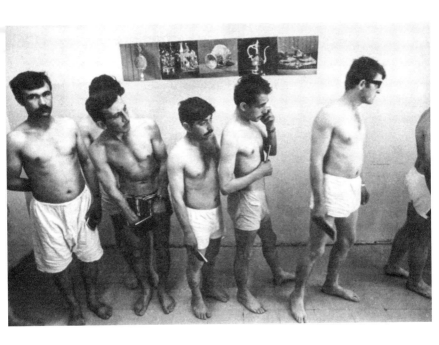

写真キャプション

Page

14.　ボスニアの山道
14.　ニューヨークの高架道路
17.　ベオグラードの路上写真家
18.　トルコ移民の若者
18.　シンプロン峠で働くイタリア移民。スイス
18.　ボスニアの若者
18.　イタリア人の石工
19.　ドイツの化学工場で働くスペイン人
20.　欧州各国における移民の動き
21.　雨の中の少年。ユーゴスラビア
22.　建設現場で働くトルコ人。ドイツ
23.　ユーゴスラビアの田舎道（撮影：スヴェン・ブロムベリ）
23.　ギリシャの村の一家
26.　南ギリシャのある村
27.　交差する高速道路。欧州
28.　村市場の日。ユーゴスラビア
29.　洞穴で暮らす一家。アンダルシア
29.　スウェーデンの田舎の子どもたち。1913年
31.　フランクフルトで働くスペイン人
31.　サラマンカ付近の収穫風景。スペイン
32.　アナトリアの父と子。トルコ
34.　村人と会話する移民。カラブリア、イタリア
36.　シチリアの村の父と子
38.　村から延びる道。アナトリア、トルコ
41.　ジェントルマンズクラブ。セビージャ、スペイン
41.　ジェントルマンズクラブ。セビージャ、スペイン
43.　ベオグラード駅
46.　ドイツまでの旅程の説明を受けるトルコ移民
47.　丘に立つギリシャの少女
48.　スペインの山腹
49.　ポルトガル人移民
51.　ドイツ人医師による検査を受けるトルコ人労働者。イスタンブール
52.　健康診断。イスタンブール
54.　ドイツへの移民を希望する者たちの健康診断。イスタンブール
55.　検査を完了した男たちの胸と手首に番号が書き込まれる
57.　健康診断。イスタンブール
57.　蛇口工場。スイス
58.　身体測定を受けるトルコ人労働者。身長が足りず失格となる。イスタンブール
59.　イスタンブールの採用センターのドイツ人医師が、容器、ボトル、水鉄砲など、ドイツでの就労を希望する者から没収したコレクションを披露する。センターの外で開

かれる闇市では、自分の尿に問題があるかもしれないと危惧する移民希望者を相手に、「良い」尿が販売されている。購入した尿をコレクション棚にあるような容器に入れ替え、検体を出す際に自分の尿とすり替える

謝辞

　本書には引用したページに引用元を明記していない箇所がある。これは決して引用文の著者や書物を軽んじてのことではない。むしろ逆だ。それらの箇所において引用が普遍性をもたらしてくれることを期待し、また引用元の名前にこだわることで、むしろ読者の注意がより大きな真実から逸らされてしまうことを懸念したためだ。以下が、その引用元である。

Page

15 「第七」Attila József, translated by John Batki, London, Carcanet Press Publications, p.68.

25 「最近では（…）調達していることである」Raymond Williams, 'The Country and the City', London, Chatto & Windus, p.279.［レイモンド・ウィリアムズ『田舎と都会』、晶文社、山本和平・増田秀男・小川雅魚訳］

25 「毎週日曜（…）見てみよう」Quoted in 'The Pueblo' by Ronald Fraser, London, Allen Lane, p.44.

39 「独占資本は（…）世界史を理解できない」Ernest Mandel, 'The laws of uneven development', London, 'New Left Review' No.59, p.22.

39 「大工業は（…）引きずり出した」［マルクス、エンゲルス『共産党宣言』、光文社古典新訳文庫、森田成也訳］

40 「大多数の（…）所有されるのである」Paul Baran, 'The Political Economy of Growth', Harmondsworth, Penguin Books, p.316.［ポール・バラン『成長の経済学』、東洋経済新報社、浅野栄一・高須賀義博訳］

40 「おれたちの国が（…）といった具合さ」Quoted by Juliette Minces, 'Les Travailleurs Etrangers en France', Paris, Editions du Seuil, p.70.

44 「低開発国の（…）事業に従事している」Constantine Tsoucalas, 'The Greek Tragedy', Harmondsworth, Penguin Books, p.127.

47 「田舎では（…）貧しいからだ」Quoted by Juliette Minces, op cit., p.81.

71 「電車がすれ違う（…）石材」James Joyce, 'Ulysses', Harmondsworth, Penguin Books, p.164.［ジェイムズ・ジョイス『ユリシーズ1-12』、河出書房新社、柳瀬尚紀訳］

72 「移住とは（…）輸出と変わらないと言う」Stephen Castles and Godula Kosack, 'Immigrant Workers and Class Structure in Western Europe', London, Oxford University Press, p.409.

98 「20世紀半ばに（…）明言した」Quoted by Huw Beynon, 'Working for Ford', Harmondsworth, Penguin Books, p.116.

103 「ここでは何も成し遂げられない（…）答えはそこにしかない」Quoted by Huw Beynon, op cit., p.114.

108 「工場では（…）奪ってしまう」「四季の規則正しさ（…）害なわれる」Marx, 'Capital', vol.1, London, Lawrence & Wishart, p.898., op cit., p.401［カール・マルクス／エンゲルス編『資本論』、岩波文庫、向坂逸郎訳］

109 「反復労働が（…）ひとつもないのです」Quoted by Huw Beynon, op. cit., p.108.

130 「移民労働者の高い事故発生率（…）が知られている」Castles and Kosack, op. cit., p.340.

139 「人の視野は（…）辿り着くことができる」Yashar Kemal, 'Memed, My Hawk', London, Collins, p.76.

180 「日中は仕事もあるし（…）地獄のようだ」Quoted by Castles and Kosack, op. cit., p.356.

本書の制作にあたっては多くの方に助けていただいた。

ビクトル・アナント、マックス・アリアン、アンソニー・バーネット、ジョージ・ケイトフォレス、コリン・チェンバース、ハワード・ダニエル、クリス・フォックス、ロジャー・ハート、ベバリー・ヒロ、ディリップ・ヒロ、シャンタル・シャイデッカー、ネル・ソーテンス、ニコス・スタンゴス、ジャカ・ストゥラブ、マニュエル・トーレス、ジェルネイ・ヴィルファン、ジョジャ・ヴィルファン、マリア・ヴィルファン、そしてストックホルム市立図書館の司書。

訳者あとがき

金聖源

　本書『第七の男』は、ペンギン・ブックスより1975年に出版されたジョン・バージャーとジャン・モアによる共同著作"A Seventh Man"の完訳である。

　本書は「序文」と「読者への覚書」を挟んで、一編の詩から始まる。その詩の脇ではニューヨークの高架道路とボスニアの山道が対比されるが、これがその後繰り返されるメトロポリスと移民労働者の故郷の風景であるということは、本書を開いて間もない読者には知るよしもない。

　挿入された詩の作者は32歳の若さで自死を遂げたハンガリーの国民的詩人、アティッラ・ヨージェフである。彼の詩作は生前こそ評価を得られなかったが、3歳で父が失踪し14歳で母に先立たれ孤児となり、貧困と精神病の中で紡がれた作品は、その美しさから他界後に世に見いだされた。今では彼の誕生日の4月11日はハンガリー国民の「詩の日」に定められているほどだ。マルクスの思想に傾倒し一時は共産党に入党するも、「個人的な思想」が原因で除名され個人での活動を続けた。個人活動に徹したマルクス主義者という点でバージャーとの共通点が見られる。

　原題を"A Hetedik"とするアティッラの詩は、ハンガリー文学研究者の原田清美さんによって『ヨージェフ・アティッラ詩集』（未知谷、2015年）で訳出されているが、バージャーが英訳を参照していた事実を鑑みて、本書では英語から重訳し、「第七」と題して新たに訳出した。バージャーの視点に近づこうとした工夫としてご理解頂きたい。

　「あなたが第七の男となりなさい」の一節がリフレインされるこの詩を、筆者は当初都会へ向かう移民労働者へのはなむけの言葉と読み取った。しかし全編を何度も読み直すうちに、この詩が自分に向けられているように感じられてきた。「創世記」における数字7の神聖さも輪をかけてか、移民労働のとば口で「男」に向けられたはずの言葉が、読み手のわたしに天啓のように響いてくる。いかなる苦境や困難にも負けず「七度は生まれ直しなさい」と。

ジョン・バージャーについて

バージャーは1926年、ロンドン北東部はストーク・ニューイントンに生まれ、2017年1月に90歳でこの世を去った。生涯マルクス主義者として痛烈な資本主義批判を展開し続けたバージャーは、30代後半から晩年までの約50年以上の歳月をフランスで暮らした。40代後半からカンシーという田舎街で農村生活を始め、最期はパリ郊外アントニーで息を引き取った。

16歳でセントラル・スクール・オブ・アートで美術を学び始めた彼は、大戦の影響で1944年にベルファストの訓練所へ配属され、若くして歩兵部隊に伍長として従事する。戦況を裏で支える労働者階級の人びととの部隊生活における出会いが、後のバージャーの政治的立場を形成するのに大きく影響したとされる。その後、チェルシー・スクール・オブ・アートで再び画法を学んだバージャーは画家として、また美術教師の訓練学校の講師として活動を続けた。まもなく、その社会主義的な政治・文学・美術批評で知られる雑誌 "New Statesman" で論壇に上がる。そして1958年、32歳のときに "A Painter of Our Time"（未邦訳）で小説家デビューを果たす。ほどなくしてフランスへと移住するが、それはイングランドの知識層に対する嫌悪からだったとされている。

バージャーの名を世に広く知らしめた仕事が1972年にふたつ生まれている。ひとつめは、英国放送協会BBC2の30分尺・4部構成のテレビ番組 "Ways of Seeing" である。バージャーが企画から制作までを担当したこの番組は、主に絵画を対象に西洋社会が芸術作品へ向けるまなざしを批判し、歴史を通じて蓄積されてきた西洋社会の「ものの見方」のバイアスを白日の下に晒す内容だった。書籍化もされたバージャーの代表作である。

近年、テクノロジーと人間の関係を論じた著書 "Ways of Being" で脚光を浴びる気鋭の作家兼アーティストのジェームズ・ブライドルは、BBC Radio 4 の "New Ways of Seeing" という2019年の番組内にて、"Ways of Seeing" が残した影響について以下のように紹介している。

「"Ways of Seeing" を通してバージャーは、人びとにアートを介した新しい "ものの見方" を提示したのみならず、わたしたちがいま生きる社会の多くを明らかにした。西洋美術が繰り返し扱う女性のヌード鑑賞を再考することで男性中心社会の権力構造を批判し、油絵の制作依頼の裏に潜む富裕階級と巨大資本の存在を批判した。バージャーの美術批評は、今日の社会や政

治システムがどうつくられているのかに迫るものだった。そして "Ways of Seeing" は、美術作品が生まれてから現代に至るまで、社会がどんな変遷を経てきたのかを考えることをも可能にする内容だった」

　　筆者が2023年にロンドンを訪れた際、大手書店や美術館のショップの店頭の目立つ棚に書籍版 "Ways of Seeing"（邦題『イメージ──視覚とメディア』パルコ出版、1986年）が置かれているのを多く目にした。美術批評の金字塔であり、半世紀を過ぎた今もなお多くの人びとをインスパイアし続けている。2022年には "Ways of Seeing" の放映と刊行50周年を記念した特集がBBCで複数組まれていたことも記憶に新しい。

　　ふたつめの功績は小説『G.』（新潮社、1975年）でのブッカー賞受賞だ。『G.』は20世紀初頭の戦時下のイタリアを舞台に政治的目覚めと思春期の心の葛藤を経験するひとりの少年の人生を描いた小説である。その内容もさることながら、バージャーは授賞式での答弁で注目を集めた。授賞式で彼は、賞の運営母体にあたるブッカーマコネル（現ブッカーグループ。英国大手の小売チェーンTescoを保有）が130年以上にわたってカリブ海からの移民労働者を搾取してきた歴史を痛烈に批判したのである。そして賞金の使途を聞かれた彼は、賞金の半分を当時活動を開始して間もない英国ブラックパンサー党へ寄付することを強調した（英国ブラックパンサー党は、アメリカで始まった黒人民族主義運動の英国展開。その政治思想は社会主義的色彩が極めて強いものだった）。さらに賞金のもう半分は、「移民労働者」に関する次作の取材費にあてることを明らかにした。その次作というのが、本書『第七の男』の原著 "A Seventh Man" である。

ジャン・モアについて

　　小説、詩作、戯曲にわたるまでジャンルを横断して生涯作品をつくり続けたバージャーが、晩年まで親交を深めていた写真家がいた。ジャン・モアである。
　　バージャーが生まれた1年前の1925年、モアはジュネーブで生まれた。ジュネーブの大学で経済を学んだのち、広告界の写真家としてキャリアを開始する。その後、国際赤十字でのボランティア活動を機に、UNHCRやWHOなどの人道支援団体に同行する写真家として活動を本格化する。彼の残した戦争現場の記録は、多くの団体で平和学習のツールとして採用された。日本では2010年以降「僕たちが見た戦争──ジャン・モア写真展」など、在日ス

イス大使館主催のもと広島平和記念公園で写真展が二度開催されている。また、エドワード・サイードとの共著『パレスチナとは何か』(岩波書店、1995年)は彼の代表作のひとつで、パレスチナ難民を題材とした作品の数々はローザンヌのエリゼ写真美術館に収蔵されている。

　モアはバージャー逝去の翌年の2018年、93歳で生涯を終えた。ふたりは同時代を生きた同志であり、50年にわたり友情を育み5つの作品を残した。『果報者ササル──ある田舎医者の物語』(みすず書房、2016年、原題"A Fortunate Man")は、原著出版から48年を経てなおその精緻な記録が多くの医師から支持され、2016年にRoyal College of General Practitioners (王立一般医学会)推薦図書に指定されている。『第七の男』同様、ふたりの独特な制作スタイルが時代を超え支持されていることの証左とも言える。制作過程におけるモアの仕事に対する信頼を、バージャーは以下のように表現している。

　「ジャンは現場で目に見えぬ存在となった。数分すると彼は写真を撮り終えていた。被写体がそのことに気づく隙はない。この才能──明らかにジャンにのみ与えられた才能──は、彼の類い稀な思慮深さ、他者を心から想う力から来ているのではないかと思う。ジャンのその才能が、被写体の魂をありのままでいさせるのだろう」

『第七の男』について

　序文でバージャーは「本書の制作中、自分たちが何をつくろうとしているのかわからなかった」と綴っている。しかし、主題である「移民労働」への接近の仕方は見事に"Ways of Seeing"を踏襲している。"Ways of Seeing"との違いを挙げるとするならば、観察対象と溶け合って物語を制作した点にある。欧州社会の「他者の経験」を真の意味で理解しようとしたバージャーは、ついにはフランスの農村部へと移住する。長年交友関係にあった女優のティルダ・スウィントンがバージャーの素顔に迫った映画"The Seasons in Quincy"において「著書から後世に残すべき作品をひとつ選ぶとしたら」としてバージャーは『第七の男』を挙げ、それが人生の転回点だったと回想している。

　本書が書かれたのは1973〜74年、欧米諸国を筆頭に世界経済は石油危機を背景とした未曾有のインフレを経験し、景気停滞による典型的なスタグフレーションに陥っていた。バージャーが嫌悪を示して去った英国では労働者のストが日常化していた。英国病とすら名付けられたその景気停滞により、

左派政権の失政を糾弾し自国の名誉回復を求める保守党の硬派な政策推進に拍車がかかった。同時期、チリでは左派政権を倒すクーデターが起こり、シカゴ学派による世界初の新自由主義実装とも言われるピノチェト政権が誕生している。その数年後にサッチャーが政権をとると、英国でも新自由主義的な政策推進が勢いを増していった。世界的に新自由主義が加速していくなか、「なぜは移民は単純労働を強いられるのか？」「なぜ移民は交換可能な機械部品のように扱われるのか？」「なぜ移民は祖国を離れてまで屈辱を受け入れなければならないのか？」といった疑問に真っ向から取り組んだのが、本作ということになる。

　　およそ半世紀前に出版されたにもかかわらず、本書は2010年に英国で新版が刊行されている。グローバルサウスを中心に多くの読者に読み継がれてきたとされる本書は、移民というトピックが地球規模の社会問題として緊急性を増す中、それを考える上での格好の手引きとして書店の棚に、再びその居場所を見つけているのかもしれない。

翻訳の動機

　　筆者が本書と出会ったのは2019年、留学先の南ロンドンの大学近くの、とある書店でのことだった。移民労働者の写真の横に資本主義批判がならび、ときおり詩が挿入される。その立体的な表現に惹かれた。

　　筆者は韓国で生まれ、父の仕事の都合で生後2カ月から日本で生活を始めた。日本で「金聖源」という名前で暮らしている限り、移民という主題は避けて通れない。一方、日本における移民関連の議論の多くが、「マイノリティ」や「多文化共生」といった言葉に落ち着いてしまいがちな状況に変化を求めていた。そんな折、英国で本書に出会った。移民労働を生み出す社会システムそのものに、文章とイメージ、具体と抽象の双方から切り込むやり方に目を見開かされた。日本語圏にも届けたいとの想いから本件を企画し、版権交渉と文書スキャンを始めたのが2021年だった。帰国後、それを自分なりの博士課程だと位置付けて作業に当たった。

　　筆者がゆかりのある日本でも韓国でも、移民をめぐる議論は近年加熱している。少子高齢化、生産年齢人口の減少により海外人材への期待も高まる中、入国管理諸制度をめぐる話題には事欠かない。ただ、世界に目を向けてみれば明らかなように、今のところ移民をめぐる社会の諸問題を解決する

特効薬はない。そして、きっとそれは存在しない。解決への道があるとすれば、わたしたちの社会が繰り返し生み出す問題の対象を「見る」ことから始め、問い続ける力を養うことではないだろうか。なぜいつの時代も移民は「調整弁」として扱われるのか？

　「我々は労働力を連れてきたが、やってきたのは人間だった」。スイス人作家マックス・フリッシュのよく知られた言葉だ。その「人間だった」の言葉に「家族アルバム」のような表現で応えた本書の功績は大きい。結局のところ、人間存在としての移民労働者の世界の見方を捉えるために己の世界の見方を一度解体した上で新たな想像力を起動しない限り、いつまでたっても「移民は良いのか？　悪いのか？」といった二元論から逃れることはできない。「ただのパンフレット」と評された本書の日本語版により、わたしたちに新たな「ものの見方」がもたらされることを願う。

謝辞

　まずもって、黒鳥社の若林恵さんへ特別な感謝を伝えなければならない。筆者の出版企画に賛同して頂いたのみならず、翻訳者としての力不足を埋めるべく多大な協力を得た。バージャーの文学性への若林さんの深い理解と類い稀な編集力なくしては本書は出版し得なかったし、傍でその仕事ぶりからも多くを学んだ。また黒鳥社の川村洋介さん、デザイナーの藤田裕美さん、校正集団「ハムと斧」、そして翻訳当初から伴走役を努めてくれた編集者の平岩壮悟さんにもこの場を借りて深く感謝の気持ちを伝えたい。さらに、移民という主題を当事者として扱える人生を与えてくれたわたしの大切な両親と、書籍翻訳という挑戦を応援してくれた妻と息子への感謝を記しておきたい。最後にバージャーの言葉をひとつ紹介する。晩年のエッセイ集 "Confabulations"（未邦訳）から、彼が翻訳について語った一節である。

　「真の翻訳とはふたつの言語の間に対立するように生ずるのではなく、3つの支点の間に生まれる。3つめの支点とは、原文が書かれる前の世界、その風景に何があったのかを考えることを指す。真の翻訳とは、言語化以前の世界への回帰を要求するものなのだ」

2024年3月

ジョン・バージャーの著書

小説
- A Painter of Our Time (1958)
- The Foot of Clive (1962)
- Corker's Freedom (1964)
- G. (1972)
  【『G.』栗原行雄 訳／新潮社／1975年】
- Pig Earth (1979)
- Once in Europa (1987)
- Lilac and Flag (1990)
- To the Wedding (1995)
- King: A Street Story (1999)
- From A to X: A Story in Letters (2008)

詩
- Pages of the Wound (1994)
- Collected Poems (2014)

戯曲
- Boris (1983)
- Les Trois Chaleurs (1985)
- A Question of Geography (with Nella Bielski／1987)
- Goya's Last Portrait (with Nella Bielski／1989)

脚本
- Une ville à Chandigarh (A City at Chandigarh) (with Alain Tanner／1966)
- La Salamandre (The Salamander) (with Alain Tanner／1971)
- Le Milieu du monde (The Middle of the World) (with Alain Tanner／1974)
- Jonah Who Will Be 25 in the Year 2000 (with Alain Tanner／1976)
- Play Me Something (with Timothy Neat／1989)

美術批評・ジャーナリズム、エッセイ他
- Marcel Frishman (with George Besson／1957)

- Permanent Red（1960）
- The Success and Failure of Picasso（1965）
- A Fortunate Man: The Story of a Country Doctor（with Jean Mohr）（1967）
  【『果報者ササル：ある田舎医者の物語』村松潔 訳／みすず書房／2016年】
- Art and Revolution: Ernst Neizvestny And the Role of the Artist in the USSR
  （with Jean Mohr／1969）
  【『芸術と革命：エルンスト・ニェイズヴェースヌイとソ連における芸術家の役割』
  奥村三舟 訳／雄渾社／1970年】
- The Moment of Cubism and Other Essays（1969）
- The Look of Things（1972）
- Ways of Seeing（with Mike Dibb, Sven Blomberg, Chris Fox and Richard Hollis
  ／1972）
  【『イメージ：視覚とメディア』伊藤俊治 訳／PARCO出版（1986年）・ちくま学芸
  文庫（2013年）】
- A Seventh Man（with Jean Mohr／1975）
  【『第七の男』金聖源・若林恵 訳／黒鳥社／2024年】
- About Looking（1980）
  【『見るということ』飯沢耕太郎 監修・笠原美智子 訳／白水社（1993年）・ちくま
  学芸文庫（2005年）】
- Another Way of Telling（with Jean Mohr）（1982）
- And Our Faces, My Heart, Brief as Photos（1984）
- The White Bird（1985）
- The Sense of Sight（1985）
- Keeping a Rendezvous（1991）
- Albrecht Dürer: Watercolours and Drawings（1994）
- Titian: Nymph and Shepherd（with Katya Berger／1996）
- Photocopies（1996）
- Isabelle: A Story in Shots（with Nella Bielski／1998）
- At the Edge of the World（with Jean Mohr／1999）
- I Send You This Cadmium Red: A Correspondence between John Berger
  and John Christie（with John Christie／2000）
- Selected Essays of John Berger（Geoff Dyer, ed.／2001）
- The Shape of a Pocket（2001）
- My Beautiful（with Marc Trivier／2004）
- Meanwhile（2004）
- Berger on Drawing（2005）
- Here is Where We Meet（2005）
- Hold Everything Dear: Dispatches on Survival and Resistance（2007）
- The Red Tenda of Bologna（2007）
- War with No End（with Naomi Klein, Hanif Kureishi, Arundhati Roy,

Ahdaf Soueif, Joe Sacco and Haifa Zangana／2007)
・Why Look at Animals? (2009)
・From I to J (with Isabel Coixet／2009)
・Lying Down to Sleep (with Katya Berger／2010)
・Railtracks (with Anne Michaels／2011)
・Bento's Sketchbook (2011)
・Cataract (with Selçuk Demirel) (2012)
・Understanding a Photograph (Geoff Dyer, ed.／2013)
・Daumier: The Heroism of Modern Life (2013)
・Flying Skirts: An Elegy (with Yves Berger／2014)
・Portraits: John Berger on Artists (Tom Overton, ed.／2015)
・Cuatro horizontes (Four Horizons) (with Sister Lucia Kuppens,
 Sister Telchilde Hinckley and John Christie／2015)
・Lapwing & Fox: Conversations between John Berger and John Christie (2016)
・Confabulations (2016)
・Landscapes: John Berger on Art (Tom Overton, ed.／2016)
 【『批評の「風景」：ジョン・バージャー選集』トム・オヴァートン 編／山田美明 訳
 ／草思社／2024年)】
・John by Jean: Fifty Years of Friendship (with Jean Mohr／2016)
・A Sparrow's Journey: John Berger Reads Andrey Platonov
 (CD: 44:34 & 81-page book with Robert Chandler and Gareth Evans／2016)
・Smoke (with Selçuk Demirel／2017)
・Seeing Through Drawing: A Celebration of John Berger (with John Christie／
 2017)
・What Time Is It? (with Selçuk Demirel／2019)
・Swimming Pool (with Leon Kossoff／2020)
・The Underground Sea: Miners and the Miners' Strike (Tom Overton and
 Matthew Harle, ed.／2024)

ジャン・モアの作品集

- Ernest Ansermet (1961)
- J'aime les Marionnettes (1962)
- Serial Atlas des Voyages (volumes on Yugoslavia, Finland, Sweden, Norway, Denmark, Ireland, New York, the Middle West, and contributions to the volumes on Czechoslovakia, Sicily, and Moscow／1962–68)
- A Fortunate Man: The Story of a Country Doctor (with John Berger／1967)
  【『果報者ササル：ある田舎医者の物語』村松潔 訳／みすず書房／2016年】
- Art and Revolution: Ernst Neizvestny And the Role of the Artist in the USSR (with John Berger／1969)
  【『芸術と革命：エルンスト・ニェイズヴェースヌイとソ連における芸術家の役割』奥村三舟 訳／雄渾社／1970年】
- La Suisse insolite (with Louis Gaulis／1971)
- A Seventh Man (with John Berger／1975)
  【『第七の男』金聖源・若林恵 訳／黒鳥社／2024年】
- Another Way of Telling (with John Berger／1982)
- After the Last Sky: Palestinian Lives (with Edward W. Said／1986)
  【『パレスチナとは何か』島弘之 訳／岩波書店／1995年】
- Un peu de texte ou pas du tout (1988)
- Le grand livre du Salève (1988)
- Les métiers de la rue (with Jil Silberstein／1990)
- Armin Jordan: Images d'un Chef (with Jean-Jacques Roth and Peter Hagmann／1997)
- Re-naissance: Villa Edelstein (with Marie Gaulis／1998)
- At the Edge of the World (with John Berger／1999)
- Derrière le Miroir (with Bernard Crettaz, Jean-Philippe Rapp, John Berger and Katya Berger／2000)
- Side by Side or Face to Face (2003)
- Manifeste, mouvement pour une paix juste et durable au Proche-Orient (2005)
- 100 photographs: Reporters without borders (2010)
- John by Jean: Fifty Years of Friendship (with John Berger／2016)

著者略歴

ジョン・バージャー　John Berger

1926年ロンドン生まれ。小説家・批評家・画家・詩人。1972年、英国BBCで企画／脚本／プロデュースのすべてを担当したTV番組4部作「Ways of Seeing」で広く存在を知られる。同名書籍は美術批評界の金字塔とされ、欧州市民の多くがアートや文化理論を理解する契機を得たとされる。同年、小説『G.』でブッカー賞を受賞。70年代にフランス農村に拠点を移し表現活動を続け、2017年に90歳で逝去。主著『イメージ──視覚とメディア』(伊藤俊治訳／ちくま学芸文庫、2013年)、『G.』栗原行雄訳(新潮社、1975年)、『果報者ササル──ある田舎医者の物語』村松潔訳(みすず書房、2016年)、『批評の「風景」ジョン・バージャー選集』山田美明訳(草思社、2024年) など。

ジャン・モア　Jean Mohr

1925年、ジュネーブ生まれ。ドキュメンタリー写真家。赤十字国際委員会(ICRC)、国連難民高等弁務官事務所(UNHCR)、国連パレスチナ難民救済事業機関(UNRWA)等の人道支援団体の活動に同行し、その記録作品で知られる。ジョン・バージャーと50年にわたる親交の中多くの共作を残したほか、エドワード・サイードとの共作でも知られる。戦地の人びとの目線を記録したその写真の多くは、現在スイス・エリゼ写真美術館に収蔵されている。日本でも過去に2回、広島平和記念公園で野外写真展が開催された。2018年に93歳で逝去。主著『果報者ササル──ある田舎医者の物語』(ジョン・バージャーとの共著／村松潔訳／みすず書房、2016年)、『パレスチナとは何か』(エドワード・サイードとの共著／島弘之訳／岩波書店、1995年) など。

訳者略歴

金聖源　Sungwon Kim

1985年ソウル生まれ。慶應義塾大学総合政策学部卒業後、2007年電通入社。国内外大手企業の広告制作と新規事業開発に従事。2019年ロンドン大学ゴールドスミスで文化起業論、2020年に奨学生としてブリストル大学で移動・移民学のふたつの修士号を取得。英フィナンシャル・タイムズ勤務を経て、東京を拠点に異文化間コミュニケーションや日英韓の文化翻訳活動を展開している。

若林恵　Kei Wakabayashi

1971年神戸生まれ。編集者。早稲田大学第一文学部フランス文学科卒。1995年平凡社入社。『月刊太陽』編集部を経てフリーランスとして活動後、2012年より『WIRED』日本版編集長。退任後、2018年に黒鳥社を設立。近著に『実験の民主主義──トクヴィルの思想からデジタル、ファンダムへ』（宇野重規との共著／中公新書／ 2023年）、『『忘れられた日本人』をひらく──宮本常一と「世間」のデモクラシー』（畑中章宏との共著／黒鳥社／ 2023年）がある。

第七の男

発行日　2024年5月15日　第1版1刷

著者　　　　　　ジョン・バージャー
　　　　　　　　ジャン・モア

訳者　　　　　　金聖源
　　　　　　　　若林恵

編集　　　　　　平岩壮悟
　　　　　　　　若林恵

造本・デザイン　藤田裕美
DTP　　　　　　勝矢国弘
校閲　　　　　　校正集団「ハムと斧」
協力　　　　　　金承福（CUON）
制作・管理・販売　川村洋介

発行人　　　　　土屋繼
発行　　　　　　株式会社黒鳥社
　　　　　　　　東京都港区虎ノ門3-7-5 虎ノ門ROOTS21 ビル1階
　　　　　　　　ウェブサイト：https://blkswn.tokyo
　　　　　　　　メール：info@blkswn.tokyo

印刷・製本　　　株式会社シナノパブリッシングプレス